KB122957

그 남자는 무엇으로 사는가

b판시선 010

이승철 시집

그 남자는 무엇으로 사는가

도서출판 b

그날 내 살 속에 묻어둔 묵언을 언젠가 다시 꺼내어 흐느낄 때가 올 것이다. 이 세상과의 불화를 자청하며 시를 써온 지 어언 33년 세월. 오늘도 내게 남겨진 한 떨기 그리움이 탄다.

그동안 숱한 생의 고비에서 넘치는 술잔을 부여잡고 버텨왔다. 허나 생피처럼 뜨겁던 시절은 떠나갔고, 막소금처럼 짜디짠 세상이 다시금 찾아왔다.

돌이켜 보니 서울이란 낯선 땅에서 참숯 한 자루도 없이 지금껏 타오를 수 있었다니, 내 스스로가 참으로 용했다. 그래, 눈보라 자욱한 이 시절도 끝내 잘 버텨낼 수 있을까.

세 번째 시집 『당산철교 위에서』 이후 10년 만에 새 시집을 출간하게 되었다. 이 시집은 지난 10년간 내 살아온 삶의 흔적이자, 뼈아픈 고해성사이기도 하다.

침묵의 돌이 꽃으로 피어날 그날을 기다리고 있다.

2016년 1월, 서울 신월동 우거에서
이승철

제1부

존재의 그늘에 대하여

그 여름의 연가

울진 죽변 푸른 댓잎처럼 꼿꼿한 그대였다.
입때껏 생의 주춧돌 하나 세우지 못한 그는
창덕궁 마당을 온종일 거닐고 싶었을 거외다.
그 영혼은 해풍에 반짝이던 사금파리였다.
때론 인정전 땡볕 아래 포개지고 싶을 때
빛바랜 사연들이 뼈아프게 날 호명했다.
그때 이후로 세상은 죄다 달리 보였다.
갑자기 난 비참해졌고, 얼얼한 침묵뿐이었다.
네 모든 걸 사랑했다, 사랑한다, 사랑할 거라고
그대 귓바퀴 가득 거친 숨소리를 불어 넣었다.
서산 안면도 꽂지 앞바다가 환히 동터 오도록
짓물러진 살과 뼈들이 이승의 흔적들을 되새겼다.
하마 당신은 길 없는 길모퉁이서 어디로 떠나갔나.
가녀린 그대 종아리를 스치고 가던 바람결 너머
산다는 건 이리도 한 몸에 집착해도 되는 건가.
내 손길에 당당하던 그대 육신의 휘파람 소리
시푸른 밤의 언덕에서 끝끝내 펄럭이고 있었다.

선유도 낙조

초록 목도리의 사내가 바람을 붙잡고 흐느꼈다.
섬은 종일토록 파도를 핥아대며 출렁거렸다.
빨간 등대가 등짝을 세워 해바라기를 한다.
그려, 당신도 한 잔을 들어 보시게나
설운 내 인생에게도 한 잔, 저 파도에게도
술잔과 술잔이 가슴앓이하듯 맞부딪칠 때마다
세노야 세노야, 산과 바다에 우리가 살고…
문득 그 노래가 자꾸만 날 불러 세웠다.
벗들은 초승에서 그믐으로 달려갔다.
세찬 파도가 피 고운 목소리를 내도록
지난 옛사랑을 모두 되살려야 한다며
그들은 필사적으로 술을 캐고 있었다.
고군산군도 부초처럼 휩쓸리어 갔다.
망주봉 아래 명사십리 삐비꽃들이
구슬픈 담배연기처럼 흔들리고 있었다.
저 바다가 자기 무덤이라고 외치던 사람
그가 어디로 갔는지 이젠 내 곁에 없다.

그의 묘비명을 파도 속에 묻어줘야 하나.
이왕이면 태평양 한가운데가 좋을 거다.
그맘때쯤 고개 들어 수평선을 훔쳐본다.
바닷속으로 햇덩이가 침몰하려고 하네.
더 이상 못 견디겠어, 아아 선유도 낙조!
붉은 동백이 산 그림자를 한 움큼씩 키웠다.
이 썩을 놈아, 해가 진다고 지금 우는 거냐.
몸피 속 갈비뼈 속울음을 어디로 감추겠나.
효색曉色이 움터오도록 눈 맞추던 선유도 앞바다
내 안의 수많은 네가 너울져 달려오고 있었다.
나에게로 가는 길이 다시금 지워지고 있었다.

호수공원 자작나무 사이로

따지고 보면 모든 게 한순간의 장난일 뿐인데
그걸 영원이라고 한때 집착하고 사로잡혔다.
허나 그대 등뼈가 오늘따라 저렇듯 곧추선 것은
지난 구월 초, 가쁜 내 숨결을 기억하기 때문인가.
마누라님과 십년 동안 별거의 끝자락이었다.
정 그렇다면, 당신도 한번 잘 살아봐야지, 하며
마포 아현동 서부지원에서 협의이혼장에 서명한 후
확인기일 받아 제각기 허청허청 돌아서던 날
기막힌 건 그녀와 함께 한 그 모든 추억들이
일시에 물거품처럼 실종돼 머릿속이 하얗다는 것!
모든 게 한순간의 장난 같아 그게 참, 부끄러웠다.
내 아킬레스건이 그동안 너무 무겁다고 하소연했나.
일산 호수공원 자작나무 사이로 오늘도 홀로 걸었다.
얼빠진 장닭처럼 이리저리 제멋대로 걸어갔다.
당찬 바람은 호수 속으로 풍덩, 혼숙을 감행했다.
노모 잃은 지 3년 만에 아내마저 떠나갔으니
돌싱남은 이제 누구와 함께 저 청산을 넘어가랴.

걱정마라, 딱따구리 한 놈처럼 온밤을 쪼아보자.
허물 벗은 자작나무 흰 뼈처럼 나 또한 살아보자.

존재의 그늘

그날 꽃들은 무너지고 싶지 않았다.
잔설 자락에 우짖던 겨울새 한 마리
눈보라 속 아픈 넋들은 어디로 갔나.
서럽지 말자던 세월만 오고 또 갔다.
죽어도 속물처럼 살지 말자던 맹세는
뻘밭 구렁 속으로 처박힌 지 오래.
그러다가 막걸리를 주식으로 삼던 친구가
직립보행마저 힘들다는 소식도 들려왔다.
언젠가 나 또한 육신의 시간표를 벗어나
느닷없이 이승의 세월과 작별할 수 있도록
깨쳐야 하리, 가까스로 홀로 된 그이들과
다시금 몇 순배씩 술잔을 갈무리하다가
이만큼 살아냈다면 잘 산 거라고 말했었지.
그즈음 이내 몸뚱어리는 깊은 심연 속으로
온갖 우아한 것들과 이미 안녕을 고했었다.
다만 아주 오래된 들녘과 마주하고 싶었다.
나 또한 태곳적 침묵이 되고 싶었음인가.

느낌표 하나 남기고 떠나는 게 인생이라는데
이제 내 눈엔 한 떨기 그리움도 남아 있지 않다.
그 닭대가리 홰치듯 누가 내 영혼을 뒤흔들었나.
입바른 말씀 하나 섬길 수 없는 한반도 남녘
페이스북에 온종일 허전한 심사를 달래었다.
그러나 아무렇지 않게, 이 따위로 녹슨 채로
존재의 아픈 그늘이 되어 살아가야 한다.

화락천지정처럼

어리숙한 눈빛으로 먼 산야를 깨치며 방금 돌아온
바람꽃 몇 송이가 소복 입은 여자처럼 에돌아온다.
'만다라' 김성동 형이 일필휘지로 써준 花落天地靜처럼
봄날 상추밭에 볼우물 파인 미소가 웃자라고 있었다.
소설가 김지우 졸﹡하던 날, 문상 중 떠오르던 생각
살았을 때 잘 해줘야지, 후회 없도록 잘 해줘야 한다고!
허나 뼈아픈 이내 생이 왜 이리 오래 버티고 있나.
하루라도 널 보지 않고선 살 수 없는 날들이었다고?
인왕산에 황매화 지니 천지가 죄 많은 인생뿐이었다고?
낙원동이나 인사동 어귀 존재의 부름 끝에 다가선 자여
오늘 한 사랑이 밤비에 젖어 저리도 사무치고 있는가.
등뼈 시린 남녘으로 홀로 길 떠날 수 없음인가.
그래 널 품고 살기엔 내 존재가 너무 미약했어.
선한 눈망울만 생각지 못한 허물을 어이해야 하나.
운현궁 뒤란 청대밭에 서글픈 목청만 소용돌이친다.

못다 쓴 행장

이 밤 어디서 떠돌고 있느뇨.
나의 텅 빈 집 한 채.

그날 아침 문득 어머님께 끓여 올린
농심 짜파게티 한 그릇
거무스름한 면발 속 희미한 그림자에
난 멈칫했었지.
그게 지상에서 마지막 대면이 될지
차마 그때 생각이나 했을라고.

부모님께 효도해야 발복한다는
특이한 사주를 갖고 태어났다고
58개띠 소설가 이남희 씨가 들려준
그 사주풀이에 난 설마 했었지.
살아생전 단 한 번도
못 해본 효도
난 이제 무슨 수로

발복을 받을 수 있겠나.

어머니, 무에 그리 급하셨나요.
정 떼시려고 가족들 임종도 마다하고
돌연 생의 닻을 끊으신 건가요.

일산 호수공원 앞 오피스텔 한편
하루 종일 면벽 수도 중인 팔순 노인이
성불한 보살처럼 가만히 미소 짓다가
집 밖으로 떠도는 아들놈을
못내 기다리다 지쳐
텔레비전을 켠 채 아침을 맞고 있었다.

저리 걱정만 끼친, 2대 독자 아들놈은
불효막심의 나날이었건만
그 발인 날에도
눈물 한 자락마저 떨구지 못하였다.

내가 참으로 모진 놈인 줄
그날 다시 알았고
저만큼 달려가던 그 바람도 알 거외다.

나의 텅 빈 집 한 채
이 밤 어디서 떠돌고 있느뇨.

마량리 동백나무 숲에서

서천 마량리 동백나무 숲에서
또다시 활활활 불타오르는
어여쁜 한 목숨을 바라다본다.
단 한 번이라도 내게도 저렇듯
붉디붉게 맞짱 뜰 날이 올 것인가.
넋들 사라진 곳에 그저
혼절한 시간만 넘쳐 올랐다.
서해 일몰 앞에서
누가 온몸으로 허튼 시절만 탓하는가.
비겁하게 움터버린 그 따위 꽃술을
예서 끝장낼 수 있을 거라 생각했나.
모든 게 바닷속 심연에서 비롯되었다.
그대가 그윽토록 날 쳐다볼 적마다
내 영혼은 끝내 발목 지도록 슬펐다.
황금빛 투구 속으로 솔숲 그 너머로
꽃물처럼 환히 출렁이는 것들아.
피처럼 맹세처럼 아니 만다라화처럼

인생의 뒤안길에서 홀연히 깨친 자여.
그대가 끝내 피워내지 못한 꽃들
그것이 그대를 더욱 위대하게 하리라.
뉘라서 그 오묘함을 알 수 있겠느냐.
그것이 뼛골 시린 그리움이 아니라면
부르고 또 불러 끝내 되돌아오지 않는다면
우리가 그것을 사랑이라고 말하지 않는다면
당신과 나는 오늘도 거기 서 있어야 하리.

정선, 곤드레나물밥

내 인생의 무너진 성터를 떠올릴 적마다
정선 한 자락이 내게로 달려오곤 했었다.
거무튀튀한 설움과 같잖은 시름 따위
모두 허공에 날려버리고자 그날 난,
정선 싸리골식당으로 휘달려 갔다.
항상 처음처럼 실핏줄이 곤두섰고
혀끝마다 오직 그녀 입술이 떠올랐다.
곤드레나물밥과 자박장과 꼴뚜기젓이
이토록 황홀하게, 서로를 끈덕지게
오래도록 얼싸안고 있었다.
그때 몰운대 너럭바위를 휘감아온 바람이
침몰을 멈추고, 뼈 시린 골짝에서
다시금 환생을 감행했다.
몰운대 주목 위로 쌓이던 햇살과
소금강을 건너온 솔빛 그리매가
시퍼렇게 병풍을 치듯 아른거렸다.
노추산 오장폭포 아래 하염없이

내리꽂히던 뻣시디뻣신 삶이여.
밤새껏 나는 수직으로 내려앉고 싶었다.
너 때문에 깨달은 피치 못할 인생의 결말
오늘도 당신은 이승의 텃밭에서 술을 캤고
나는 벗들과 온종일 이리저리 흔들리면서
곤드레나물밥에 맺힌 그 사연을 기억할 것이다.

천태산 은행나무님

태초에 그녀는 천상의 하늘 문을 열고자
쉼 없이 소리치는 한 줄기 세찬 바람이었다.
그러던 어느 날이었다, 무슨 까닭인지
충북 영동 천태산 구릉 아래로 휘달려가
천 개의 손과 천 개의 마음을 지닌
천수관음보살이 되어 우뚝 서 있었다.
내팽개쳐진 영혼의 묵정밭에 홀로 기대어
천 년 동안 묵혀둔 오랜 슬픔을 갈무리했다.
그녀는 저 끝 모를 무한천공을 치받았다.
온 넋으로 온몸을 오롯이 뻗쳐 마침내
샛노란 눈동자로 천지를 아우른 그녀.
그러다가 다시 황금빛 젖가슴을 출렁이며
상처뿐인 사람의 마을로 사뿐사뿐 내려왔다.
아서라, 참으로 같잖은 세상사였으리.
그녀는 저 먼저 스스로를 육탈하고자
드넓은 마당가로 한없이 곤두박질쳤다.
윤회의 길목에서 선택한 소멸에의 결단.

황홀한 그녀 살 내음이 들판 가득 넘쳐났다.
직립으로 내뻗친 간절한 열망이 거기 있었다.
그녀는 천 개의 팔을 벌려 하늘 문을 열었다.
미리내 별꽃님과 못다 한 사랑을 속삭거렸다.

육신에게 길을 묻다

이 땅에 닻을 내린 하늘의 뜻을 모르기에
오십 줄 넘도록 고요히 사랑할 줄 몰랐다.
핏발 선 뜬눈으로 널 기다리다가
하룻날이 몽땅 서럽던 날 그대 몸피는
누리끼리하게 지상 위로 활개 쳐 내렸다.
널 떠나고 싶을 때 말 한마디 못한 채
늘상 버벅거리는 어눌증을 어이하리.
그 남자 얼굴엔 청동빛 고뇌가 찬연하다.
육신이 뿜어낸 숨소리만 흩날려 쌓인다.
그 가을의 시구문에서 다시 널 보았다.
내 못난 영혼 묻으려 북악 가는 길모퉁이
또다시 옛 그림자가 사납게 웽웽거렸다.
못 미더울 그녀 뱃살이 여전히 날 붙잡았다
이제, 난, 막살 거야, 너 없이 막살 거라고!
당신과 나 똑같이 훈민정음을 쓰고 있건만
왜 이다지도 켜켜이 먹통이 되고 마는가.
그래 이제 때는 왔다, 기어이 때가 왔도다.

세상이 뜨거울 때 육신을 한번 불살라 봐라.
백태 낀 눈을 들어 저 하늘을 훔쳐봐야 한다.

저 억새꽃들

입춘도 한 달쯤 지나간 대보름날 저녁
바람도 길을 잃어버린 허허들녘에
직립보행이 힘든 사내 하나 살고 있었다.
지난 연말엔 느닷없이 앞니 하나 떨어졌고
오른쪽 갈비뼈마저 금 가 몇 달째 시름하더니
며칠 전엔 가쁜 언덕길 리어카로 휘달리다가
종아리 근육마저 우지끈 파열되고 말았다.
그때 앞산 솔숲에 망연한 눈길을 내던지던 그.
환갑 진갑이 두세 해나 더 남았는데
하수상한 시절에 길들여진 몸뚱이가
이제 그만, 멈춰 서라고
제 육신을 향해 돌진을 거듭했나 보다.
담배 한 대 꼬나물기도 힘든 이 시절에
매일매일 오투린과 종천막걸리를 장복했다.
빈 지갑을 다시금 샅샅이 훑어보았다.
날개도 없이 밑바닥까지 추락해야 하는가.
거기 또 어떤 벗들이 오종종히 살고 있나.

아무렴, 저리 녹록하지 않은 세상이 즐겁다.
접시 물에 빠져 죽나, 거미줄에 목을 매나.
저승 한 번 소풍하기도 결코 만만치 않다.

월성원전 1호기의 수명연장이 결정된 그날
그는 십승지를 찾아 다시금 충청도로 달려갔다.
서천 서면 부사리마을 끝집엔 그녀가 살았다.
그 외딴집엔 십 년째 고이 묻어둔 그리움과
토종 달구님 아홉 분이 더불어 살고 있고
꺄가각 꺄각 홰치는 두 마리 때까우와
설핏하도록 야옹 야야옹 꼬리치던 고놈이
잘도 어우러져 한세상 고이 모시고 있었다.
내 가슴은 그녀를 찾았지만 그녀에겐 내가 없었다.
떠나버린 뒷모습을 바라보다가 난 황토방으로 갔다.
늙은 장작들이 탔다, 탔어, 세상모르게 잘 탔다.
그 황토방 옆 쑥대밭 구릉엔 억새들도 살았다.
바짝 마른 대궁이로 온몸을 뒤척이고 있었다.

모진 된바람과 어울려 이리저리 넘노닐었다.
미구에 몰아칠 숫눈송이를 기다리고 있었나.
육통가지를 세차게 맞비비며 포옹하던 저녁놀.
억새꽃들이 다부진 몸짓으로 큰절을 거듭했다.
고개 들어 산정의 묘지만을 응시하던 은빛 눈매
쪽정이로 곧추선 억새꽃들이 사람보다 강했다.
깡마른 영혼이 저 몸통 속으로 마구 달려갔다.

담양, 세설원에서

전남 담양군 대덕면 용대리 그 집, 김규성 시인네 세설원洗雪院에 가서 석 달 열흘을 공으로 지낸 적이 있었다. 그 첫날 밤, 방구들에 누워 가만히 지난날을 되돌아보니 그해 가을 첫사랑 같은 여자와 밤기차 타고 고향 땅 떠난 지 어언 서른 해, 객지 땅 서울 하늘 아래 뼛속 저미던 순간들이 저만치서 아롱져 흘러가고 있었다. 이만큼 살아 예까지 달려올 수 있었다니, 그 세월들께 고마워하자고 다짐했다. 다음날 아침이면 뒷산 멧새는 찾아와 앞녘 다리께 시냇물과 오종종하게 자맥질을 거듭하였고, 상처뿐인 육신일망정 나 또한 인간임을 차마 저버리지 말자고 했던가.

숫처녀 얼굴 같은 봄비가 내 뺨따귀 가득 토닥 톡톡, 토닥 톡톡톡 달려와 안겼다. 추녀 끝 모서리에 수직으로 껴안기다가 콩깍지 흩날리듯 바람 속으로 또르르 적셔졌다. 그러다가 담양 메타세쿼이아 길을 홀로 걷고 있었다. 오래된 애인처럼 벌거벗은 채 달려오는 그 길 위로 포개어질 때 청한 하늘가 숱한 별꽃이 이슥토록 날 따라오고 있었다. 홍매화 핀 선암사 뒷마당에서 서성이던 육신은 어디로 흩날릴 것인가. 먼먼 차바퀴 소리마저 알콩달콩 기다려질 때쯤 이파리마다 잠 깨어난 오월의 꽃넋들은 명옥헌 원림苑林 붉디붉은 꽃그늘 저편으로 사라져 갔다. 문득 창평 돼지국밥집 그 따스운 국물처럼 그립던 생의 한 토막이 희끗희끗한 머리칼을 쓰다듬고 있었다.

그리하여 나는 전생에 누구였단 말인가. 그 공주마마님을 한사코 사모하다가 끝내 절명한 머슴 놈이 정녕 나란 말인가. 쉰하고도 여섯 바퀴를 더 굴러온 사내가 개살구나무 잎사귀처럼 흔들리다가 어느 날은 잡목 숲 쭉정이로 서 있어도 좋았다. 때론 내 살 속 깊숙이 묻어둔 울음을 언젠가 다시 꺼내어 흐느낄 때가 올 것이다. 뒷산 노을이 잦아질 때쯤 아심찮은 얼굴로 다가서던 사람아. 앞산 뻐꾸기 소리마저 정답던 그날, 곡성 죽산마을 공취헌公翠軒 윤석주 형님은 수밀도 짙은 막걸리와 더불어 휘달려 왔다. 지는 꽃도 화엄일 때 하얀 아욱꽃에 취하여 온종일 술을 캤던 사내들. 그러나 내가 그리워한 사람은 너무 멀리 떨어져 있었다. 밤새 떼구르르 잠 못 들 때 저 산짐승은

36

짜르르르 목 놓아 울고 있었다.

　그땐 차마 널 사랑할 수 없었다. 아수라 같은 세상사를
탓해 무얼 하겠는가. 의연한 눈매로 한 시대를 꼬나보았기에
목울대 가득 울혈의 유황불이 얼얼하였다. 그러나 이젠 용서하
자, 죄다 용서하자고 하루에도 몇 번씩 맹서했나. 날 망가뜨린
얼굴이 푸른 산이 되도록 용서하자고. 때마침 그 누가 목청껏
내 이름을 외쳐 부른다. 오죽 댓잎 가득 새치름한 달빛이 우짖는
다. 칸칸마다 먹빛으로 혼불이 찾아든다. 한 점 불빛마저 사무치
던 외딴집. 열댓 살 적 의붓엄니 가위점 그림자가 다소곳이
출몰했다. 화목火木 보일러 크르렁 소리가 밤새도록 구들을
어르며 귀청을 어루만지던 그날 밤 어디선가 옴마니반메훔,
옴마니반메훔, 옴마니반메훔… 그 육자진언이 뼛속 깊이 잦아
들고 있었다.

그 남자는 무엇으로 사는가

흔적소리 요란한 골목길 어디서나 가시면류관을 쓴 시절이 가고 또 왔을 뿐, 저만치서 파산된 사내가 저물어갔다. 채석강 충암처럼 덧쌓여가던 바람의 흉터가 휘청거렸고 널브러진 몸뚱이 곁으로 갈매기 몇몇 똑딱선을 재촉할 때 귓불을 간질이던 사랑의 상처가 사라져가고 있었다.

철 지난 변산바다에 와서 내소사 연꽃 미소가 가당키나 할 건가. 엉덩이가 탱탱한 그 여자가 내 핏속에 여직 살아 있다고? 그날 은빛 부챗살을 펼치며 난 말했지. 한세상 살아가려면 사랑이 아니라 씨발 난, 지금, 돈이, 필요해. 해줄 수 있어? 당신은 또 그놈의 돈 타령이냐. 넌 철면피 개자식이야… 썰물 진 바다 위 시든 해당화처럼 묵묵히 고개 숙이던 한 사내의 뒷그림자가 왠지 허전하였다.

함평 학다리 깡촌에서 맨발로 서울까지 달려 왔다면 아무렴, 장한 일이지. 때론 승냥이 울음처럼 엎어져 살았지만, 그래도 서울이란 낯선 땅에서 참숯 한 자루 없이 훨훨훨훨, 타오른게 참말로 용했다. 토막 난 그리움이 함평 학다리 깜박산 산허리를 단숨에 휘감아 돌 때 저물녘 여강 갈대밭에서 우리 이제 헤어지는 연습을 하자. 왔어? 왔어. 그럼 지금껏 당신이 날 만난 건 사랑이 아니었다고? 사랑? 당신 만나면 무심히 살 속으로 파고들고 싶었을 뿐, 하나 요즘 그 따위 체위도 시들어졌어. 우연히 내려앉은 나뭇가지에 그동안 너무 오래 머물렀어. 이제 그만 날자, 날자, 날아가야겠어. 우리 인연은 이만큼서 끝장이야. 돌아갈 언덕도 찾아갈 마당도 사라져 버렸어. 무엇 때문에 부서진 육체들끼리 허구한 날 만지작거리나.

아아아 여보, 그런가요. 오늘 갑자기 울고 싶네요. 하지만 참아야지, 내 참아야지. 조금만 더 기다려 달라고? 그대 살통 속에 내 마음이 산다고? 지금 당신 때문에 망가져 갈 뿐이라고 말하진 않겠어. 날 사랑한다고? 죽도록 영원히 나만을 사랑하겠다고? 그건 야무진 그대 꿈일 뿐이야. 좆찌리 강산, 니기미야. 나 혼자 먹고 살기도 지금 벅차. 널 끝까지 데리고 갈 수 없다고. 다만 널 인간적으로 좋아했다는 걸 이미 알고 있잖아. 황동

석쇠 위 유황오리 한 마리처럼 지지직 소리가 나도록 제발 날 구워줘. 조근 조근 씹어줘. 난 길 잃었어. 지난여름 내 하반신을 적셔준 그 빗방울처럼 서운찮게 그냥 부서져 버릴 거야. 그 남자는 무엇으로 사는가, 라고 제발 또다시 묻지 말아줘.

제2부

삶과 죽음의 오디세이아

노짱과 김지하와 고은 사이에 마라도가 있다

대한민국 전직 대통령 노무현 선생께서 봉하마을 부엉이바위에서 이승의 닻을 끊어버리기 한 달 전, 어느 지인과 전화통화에서 했다는 그 한마디가 오늘도 가슴을 친다. "내려앉으려하나 온통 바다뿐이고, 앉을 가시나무 한 그루 없습니다." 때론 그 말씀을 떠올릴 적마다 내 무르팍 관절은 삐꺽거린다. 그날 차마 믿을 수 없는 부음에 몇 번이고 옷고름을 적시다가 국민장이 치러지던 2009년 5월 26일 오전 아홉 시경 우리는 서울역에서 봉하행 KTX에 몸을 실었다. 여주에서 농사짓는 홍일선 형님과 이즈음 시조협회 총장으로 일하던 정용국 형과 함께였다. 오전 열한 시 반경, 우리는 진영역에 내려 자원봉사자들이 나눠준 검은 리본을 달고 셔틀버스로 봉하마을을 향했다. 그날 난 전무후무한 조문 행렬을 처음으로 목격했다. 검은 상복 차림의 수백, 수천, 수만 명의 사람들이 성난 파도처럼 일제히 두 눈 부릅뜬 채 아무 말도 없이 몰려가고 있었다. 할아버지 할머니 아주머니 아저씨들 그리고 처녀 총각과 네댓살 꼬맹이들이 마구 뒤섞여 일렬횡대를 이루며 그 한 사람의 죽음을 통해 마치 자기 삶의 근거지를 확보하려는 듯 빈소를 향해 거의 뛰다시피 걸어가고 있었다. 봉하마을에 다녀간 조문객들이 무려 수십만 명에 이른다는 뉴스가 때마침 흘러나오고 있었다. 그날 천지가 내 몸통 안으로 한없이 무너지는 느낌이었다. 죽음의 검은 망토 앞에서도 당당하던 한 영혼이 봉하 들녘 논두렁 풀포기처럼 끝없이 물결치며 달려오고 있었다.

***

　이 사람들을 보니 너무 슬퍼요, 안 그라요 형님! 왜 노짱이 죽기 전에 우리가 청와대에 있는 이명박 장로에게, 허섭스레기 같은 검찰 나부랭이들에게 온몸을 뒤흔들어 당신들은 지금 틀렸다고, 그따위 작태를 당장 집어치우라고 말 못했을까요? 우리네 비겁한 산술과 저 뻔뻔한 거짓부렁이 앞에 기꺼이 참수당한 그를 지켜내지 못했으니, 우리가 지금 이 무참한 고통을 당해도 싼 것이오! 인생이란 생과 사의 마침표가 하나라고 왜 그는 말했을까요… 봉하마을 빈소 앞에 무려 한 시간을 더 기다려서야 우리는 재배再拜의 큰절을 올릴 수 있었다. 우리는 제주酒로 가져온 여주 능서막걸리를 한잔 가득 부으며 한참 동안 그 영정을 바라보았다. 일국의 대통령으로 한세상을 살았던 얼굴이 영정이 된 채 아슴푸레한 미소로 우릴 쳐다본다. 그때 빈소 한쪽 모서리에 노사모 명계남이가 입술을 깨물며 낯짝이 빨개지도록 홀로 치받아 울고 있었다. 그래 살판 다 접어 불도록 상처받았을 영혼아! 여기 이 자리에 서니, 당신 맘을 조금은 알 것 같소. 오직 한 인간만을 핏물 지도록 사랑했던 죄, 그 사랑이 살 끝 어디서라도 넘쳐나는 오월 봄날이 천지에 얼얼한데 노짱과 못다 이룬 사랑을 이제 누구와 함께 나눌 것이더냐.

***

봉하마을에 조문을 마치고 우린 상경하였다. 하, 사람 사는 세상에 살고 팠던 그 한 사람을 생각다가 유다 같은 심정으로 참회의 뜨락을 오르내리고 있을 때 몇몇 지방신문 칼럼에서 김지하 시인이 일갈하고 있었다. 이 칼럼을 부르르 떨면서 읽었다며 여주 형님이 손전화를 붙잡고 악다구니를 쳤다.

　… 지금 세상에선 이상한 사건들이 연이어 벌어지고 있다. 이른바 황석영 변절사건, 노무현 전 대통령 자살, 북한 핵실험과 미사일 발사, 세상이 떠들썩하게 봉하마을 盧氏 喪家^{노씨 상가}로 조문행렬이 이어지는 것… 왜 이런 일들이 벌어지는가. 더욱이 자살한 사람 빈소에 촛불이 켜지고 있다. 자살이라는 이름의 비겁한 생명포기에도 촛불인가. 그렇다면 그 촛불의 정체는 무엇인가 … 돈 가는 데에 마음 간다. 마음이 오늘날 우리에게 무엇인가? … 시중의 유행어인 '따뜻한 자본주의', '착한 경제'는 돈과 마음의 결합이다. 봉하마을에서 악을 악을 쓰는 맑스 신봉자들은 이것을 설명 못한다. 맑스 화폐이론은 철저히 마음을 배제하기 때문이다. 7일간의 국민장, 비극적 숭배열에 의한 명백한 부패와 생명포기라는 비겁성의 은폐, 핵실험과 3개의 미사일 발사 따위가 여기에 대답할 수 있을 것인가?…

아니, 일국의 대통령 빈소를 '노씨 상가'라고, 저 양반이 설마 어떻게 된 것 아닌가? 그곳에 몰려든 수천수만 일백만 조문객들을 맑스 신봉자라니, 허어 우리가 아직도 지하당 芝荷堂 눈에는 맑시스트로 보인단 말인가? 그 책상물림이 너무 무례해. 아니, 이렇게 망가져도 되는 거여! 이게 지하당이 말하는 소위 생명과 평화란 말인가? 어야, 일함 一喊! 우리가 봉하마을에 직접 가봤잖아. 노짱 빈소 조문객이 전국적으로 오백만 명이라던데 그들을 모두 맑스 신봉자처럼 몰아치는 지하당 논리가 조중동보다 더해, 제발 봉하마을에 한 번이라도 가보고 이런 염불을 토했으면 좋으련만… 노무현이 생명 고귀한 줄 몰라 자기 목숨을 버렸던가? 부엉이바위에서 닫힌 하늘을 열려 했던 그 마음을 왜 그리 몰라주나? 참, 야속하다… 명색이 일국의 시인이란 분이, 지하당께서….

***

몇 년 전이던가. 지하당께서 일산 장항동 현대에뜨레보 오십 평짜리 집에서 사실 적에 실천문학사 김영현 사장 등과 함께 세배를 간 적이 있었다. 그날 김 사장이 세 권짜리 『김지하 전집』을 펴내고 인세로 수백만 원을 갖다 드리는 자린데 같이 동행하자고 몇 사람을 꼬드겼다. 십만 원짜리 수표로 인세를 드릴 거니, 세배하면 우리 모두 십만 원짜리 수표 한 장씩은 받아 쥘 거라 말했다. 하여 우리는 요시, 요시 하면서 일산으로 출발했다. 한신대에 출강하는 임동확 박사와 문단의 변강쇠 이재무 시인과 이즈음 책이 안 팔려 조금 화가 나 있던 화남출판 사 방남수 사장과 인터넷 강좌 아트앤스터디www.artnstudy.com를 운영하는 현준만 사장과 내가 동행했다. 먼저 지하당께 두툼한 인세 봉투가 건네지고 우리 모두는 정성껏 세배를 드렸다. 그러자 흡족한 표정의 지하당께서 으음, 우리 아우들에게 세뱃 돈을 줘야지, 줘야지! 하면서 방금 받은 인세 봉투를 11집어냈 다. 그런데 십만 원짜리 수표가 보이자 어어, 십만 원짜리네! 하시면서 안방으로 훌쩍 건너갔다. 그러더니 만 원짜리 몇 장을 가져와 오십 줄 다 넘은 우리에게 각 일만 원씩의 세뱃돈을 안겨주었다. 돈 가는 데 마음 간다고 했건만… 순간, 나뿐 아니라 모두들 똥 씹은 표정으로 지하당과 김 사장을 번갈아

처다봤다. 허나 지하당은 그때부터 새해 덕담으로 장문의 사설을 늘어놓기 시작했다. 그동안 수없이 듣던 스테레오 타입의 생명과 평화 사상이었다. 세뱃돈 일도 있어서 모두들 지루하다는 듯 하품을 쏟아내자 돌연, 지하당은 최근 실천 중이라는, 인간이 되기 위한 세 가지 인생철학을 설파하셨다. 그 요체는 삼무三無라고 했다. 일무一無는 여자무女子無였다. 여자를 무릇 돌石 보듯 삼가라고 말씀하셨다. 또 다른 일무는 음주무飮酒無였다. 한때 알중 증세로 병동에 입원한 처지라서 그럴 만했다. 나머지 일무는 흡연무吸煙無였다. 당신도 한때 골초였으나 담배는 만병의 근원이라고 역설하셨다(하루 두 갑을 피워대는 나는 이 말을 듣고 찔끔했다). 그러면서 덧붙여 가라사대 절대 여자와 꽁씹하지 말라고 충고했다. 새해 첫날부터 꽁씹이라니! 일국의 사상가로 자타가 공인하는 분께서 무슨 사연이 있기에 그 입에서 꽁씹! 이라는 용어가 주저 없이 튀어나왔는지 그 순간 모두들 움찔했다. 지하당의 삼무 인생철학을 귀담아 들은 나는, 그 삼무 실천이 무망無望하니, 인간이 되기는 영영 글렀구나, 생각했다. 향기로운 술이 있다손 여자사람이 곁에 없다면 술맛

떨어져 금주^{禁酒}를 할 지경이고, 고혈압이건만 담배 에쎄 원을 입에 달고 사니까 삼무는커녕 일무도 난망한 일이었다. 시냇가 둠벙 속 송사리만도 못한 지천명의 내가 지금 인간으로 살고 있다고, 그날 난 반성을 거듭했다.

***

돌이켜 보니 2007년 8월, 그 어느 날이었다. 한국문학평화포럼 시절 녹두장군 전봉준 생가에서 고창문학축전 행사를 치르고 나서 우리는 복분자 술에 풍천장어로 모처럼 입맛을 되찾은 적이 있었다. 다음날 우리 일행은 미당^{未堂} 서정주 시인의 생가를 거쳐 미당문학관을 찾아갔다. 놀라운 것은 한쪽 벽면에 다츠시로 시즈오^(達城靜雄) 시절의 미당의 친일시가 여러 편 전시되어 있었다는 것. 이런 음양^{陰陽}의 객관성과 빼어난 시성^{詩聖}의 친일 행적을 솔직하게 보여주려 한 기획이 괜찮아 보였다. 그러다가 전시된 유품 중에서 미당 출판기념회 방명록을 우연찮게 보았다. 그 방명록 첫 장에 큼지막한 붓으로 위에서 아래로 길게 내려 쓴 摩訶(마하)라는 글씨와 高銀(고은)이라는 작은 서명이 보였다. 아니, 미당 출판기념회에 맨 처음 참석하셔서 그 감회를 '마하'라는 단 두 글자로 표현하시다니? 마하는 세인트(Saint), 즉 성스러움, 위대함을 뜻하는데 두 사람 사이에 이런 극한의 존경심이 오갈 때가 있었나? 짐짓 나는 놀라워했다. 진정 마하는 고은 당신이십니다 그려. 도처에 시혼(詩魂) 창궐하시고 저 칠흑의 유신시대 때는 얄궂은 세상사 멱살을 후려친 어르신이시니 오직 당신이 마하이십니다. 그런데 왜 요즘 그리도 침묵하십니까? 이제 좀 세차게 후려치셔야 하는데 명박세상일 때 정말, 너무나 고요했습니다. 당신 말씀처럼 우리가 우연히, 정말 우연찮게도 이 지상 위에 자기 의지 없이 태어난 건데 동시대 어름에 말뚝 박은 탓에 세인트(Saint) 하이실버(高銀) 선생님을 뵐 수 있다는 건 우리 모두의 홍복이었지요. 오직 저를 위해 「대동강에서」라는 자작시를 손수 낭송까지 해 주셨으니, 저야 황공무지로소이다. … 그래, 이 거랑말코 같은 놈들아. 이제, 너희들도 좀 더 섬세해져야 해. 비즈니스가 있어야 한다고. 팔십 년대적으로 거저먹으려 해선 안 돼! 암, 안되고말고! 모든

51

걸 공것으로 먹으려 해선 안 된다고. 비즈니스! 너희들도 이제 자기 투신이 있어야 해! 이 거랑말코 같은 놈들아… 세상을 살아보니, 여자는 단기유료^{短期有料}가 최고야! 명심들 하라고….

***

그날 문득 "이 지상에 결코 아름다움이란 존재하지 않는다. 난 그 누구를 사랑했거나 미워했을 뿐이다."고 선언한 파블로 피카소의 말씀이 생각났다. 사랑 이외에 또 다른 악마는 없다고 말했던 셰익스피어의 잠언에 사로잡혔던 2008년 9월 어느 날이었다. 목숨 걸고 사랑 한 번 못해본 놈이 목숨 걸고 국토 최남단 제주 마라도 행 고깃배를 탄 적이 있었다. 정기여객선이 이미 끊긴 시각이었다. 모슬포항서 고깃배를 띄우기로 예약했던 신양호 선주가 풍랑주의보 때문에 입도^{入島}를 못하겠다고 어정쩡한 흰소리를 늘어놓더니, 갑자기 줄행랑을 처버렸다. 마라도 기원정사 백태영 처사^{處士}와 통화해보니 마라도서 짜장면 집을 운영하는 류 아무개 시인 부부와 마라도 원주민들

52

간의 알력 다툼으로 마라도 이장[里長]이 입도를 못하도록 훼방을 놓은 탓이었다. 다음날 오전 마라도에서 개최키로 한 문학축전 행사를 위해 어떻게든 입도를 감행해야 했기에 참가자들 사이에 갑론을박이 벌어졌다. 마라도서 도원결의를 맹세했던 홍일선 시인의 친구, 모 씨와 봉국사 주지 효림스님 그리고 강원도 만해마을의 이상국 시인이 생명을 담보로 승선할 수 없다고 강변하는 통에 마라도 가는 길이 한때 난망했다. 이에 문학포럼이 사무총장[事務總長]이 핏대를 세우며 어깃장을 놓기 시작했다. 17세기 네덜란드 사람 하멜 일행이 바다를 표류하다가 도착한 섬이 바로 마라돕니다! 정기여객선으로 삼십 분이면 도착하는데 마력[馬力] 좋은 21세기 고깃배니 얼추 사십 분이면 당도할 겁니다! 갓 잡아 올린 싱싱한 횟감이 우릴 지금 기다리고 있는데, 그까짓 파도가 무서워 입도를 못해야 쓰겠소, 하며 주먹총질로 사람들을 설득했다. 그 결과 목숨을 저당하고는 마라도로 가지 못하겠다던 세 사람을 모슬포항에 버려둔 채 스물댓 명의 일행은 웃돈을 더 얹은 고깃배를 긴급 수배하여 승선할 수 있었다. 때마침 사위가 괴괴하더니 심야의 고깃배가 통통거리며 마라도를 향해 떠나가고 있었다.

***

예고도 없이 풍랑주의보가 떨어졌다. 어젯밤 굵은 빗방울이 가뭄에 단비처럼 쏟아지더니, 그새 바람까지 몰고 와 아침이 되니 너울이 너울너울 춤을 추었다. 파고가 높아서 배가 뜨지 않는단다. 파고가 3~4미터가 되면 풍랑주의보가 발효된다. 하루 일과가 첫 배가 뜨는 시간에 시작해서 마지막 배가 떠나는 시간에 끝나는 이곳, 마라도에서는 배가 뜨지 않으면 모든 게 정지되는 듯하다. 간간이 낚시꾼이나 주민들이 고기 잡으러 가는 발길 말고는 인적이 뜸해지니, 해가 중천에 뜨도록 잠을 자도 새벽인지 낮인지 분간하기 어려울 만큼 적막하다. 오늘처럼 이렇게 예보 없이 갑자기 풍랑주의보가 떨어지면 낭패를 보는 사람들이 참 많다. 병원이나 관공서 일을 보려고 나가려던 주민들도 그렇고, 민박을 왔다가 나가려던 사람들도 그렇고, 제 아무리 급한 일이 있고 중요한 일이 있어도 속수무책이다.

용빼는 재주가 있어도 바다를 건널 수는 없는 노릇이니, 한라산과 산방산과 모슬포를 눈앞에 두고도 못 간다. 죽어도 나가야겠다면 가파도나 모슬포 어선을 빌려 타는 것인데, 상당한 위험을 무릅써야 하며, 이용료도 무척 비싸다. 웬만하면 하루, 재수 없으면 이틀이고 삼일이고 마라도에 눌러앉아야 한다. 집 밖으로 나가는 일은 가급적 삼간다. 풍랑주의보라고 바다에만 바람이 부는 게 아니라, 섬 전체를 삼킬 듯 포효하며 불어 닥치는 바람 때문에 밖으로 나갈 엄두를 내지 못할 때가 더 많다. 다이어트를 무리하게 하신 분이라면 필시 「오즈의 마법사」에 나오는 도로시처럼 날려갈 것이니, 몸을 꼭꼭 숨길 줄 알아야 한다.

−류외향 시인의 「마라도 일기」 중에서

어두컴컴한 모슬포항을 출발해 우릴 태운 고깃배는 마침내 마라도를 향했다. 이내 시커멓게 벌거벗은 만경창파를 불러오는 폭풍소리가 요란했다. 마치 고래 입 같은 아가리를 벌려 뱃전을 마구 후려치던 파도가 선실 안으로 와장창 무너져 쌓인다. 뱃머리가 파도를 넘어서려고 거의 일직선으로 빳빳이 곧추설 때마다 여기저기서 아이고, 어머니, 어머니! 하는 비명 소리가 나뒹굴었다. 어떤 이는 구명복까지 받쳐 입고서도 덜덜 덜 떨어쌓고, 어느 하야말끔한 여자 시인은 상갓집서 곡을 하듯 에고, 에고, 소리를 연발했다. 선실 안 바닥을 여덟팔자로 끌어안으며 사십 줄 안팎의 젊은 남자 시인이 자신의 이마빡을 선실 바닥에 수평으로 갖다 댄다. 흡사 여덟 개의 낙지발이 빨판으로 바닥을 움켜잡는 듯했다. 또 다른 여자사람의 외줄기 신음소리가 선체船體의 동아줄에 매달려 순식간에 나동그라진 다. 캄캄한 밤바다의 파도더미가 세찬 메아리가 되어 심장을 후려치고 있었다.

***

 이 밤에 입도금지入島禁止 풍랑주의보가 정말 있었단 말인가. 밤에는 오지 말라고 해서 마라도인가. 웃돈을 챙겨 받은 선장은 승선 당시 삼십 분이면 입도할 거라고 큰소리쳤건만 벌써 사십 몇 분이 지나도록 배는 여전히 만경창파 한가운데서 헤매고 있었다. 이 총장, 마라도까지 몇 분 남았어요? 다 와, 갑니까? 오 분 남았나요? 칠 분인가, 십 분인가요, 확실히 말해줘요. 아, 정말이지, 이 파도가, 증말 무섭구먼… 여주에서 온 문학포럼 홍일선 부회장이 자꾸만 시계를 쳐다보면서 중얼거린다. 문학포럼 김영현 회장은 점잖은 체면에 말은 못하고 거의 죽상이 되어 이 총장을 쳐다본다. 그때 상큼한 몸매의 인디언 수니 가수가 화들짝 놀라더니 사투하듯 선실 안에서 요동치고 있었다. 그런데 놀랍게도, 그즈음 바리톤 성악가로 활약 중인 박선욱 시인만이 배 뒤꽁무니에서 흔들림 하나 없이 용용했다. 하, 저 사람 대단하네! 다리도 성치 않은데 저리 고개 한번 숙이지 않고 빳빳하다니, 몇 년 전 예수님께 다시 귀의歸依해서인가? 젊은 날, 신은 죽었다고, 예수는 이 땅에 없다고 교회 입구에서 울부짖던 그 사람이 그새 혈, 용감하신 그분을 영접한 건가. 강남에서 이십억 대의 타워팰리스서 살고 있던 정 아무개 시인 역시 입을 닫은 채 혀를 굳히고 있었다. 바로 그때 파도소리가 무서운 듯 두 귀까지 막고 있던 또 다른 여자 시인이 뼛속 깊이 우러나오는 목소리로 선실

모퉁이에서 필사적으로 외치고 있었다. 아, 오줌이 너무 마려워요, 마라도! 이에 나는 검은 수평선을 향해 소리쳤다. 스님, 전 무사히 당도하리라 믿습니다! 제 사주팔자에 명命이 칠십몇 살이라고 하던데 설마 여기서 하직이야 할라구요. 잔명이 얼추 사반세긴데 저 바다에 사명대사처럼 고요 정靜 자字를 쓰지 않고서도 우린 끝내 당도할 겁니다, 나무관세음보살…나무관세음보살…. 그러나 여전히 두려움에 떨고 있는 눈동자들 사이사이에서 밤 파도소리가 시퍼렇게 출렁거리고 있었다. 그래 파도야, 날 한번 집어 삼켜 봐라! 선실을 치받고 들어오는 아우성이 일순간 육체의 모든 숨구멍을 틀어막고 있었다.

***

그때 문득 선상자살船上自殺을 목적으로 말라르메 시집만 달랑 들고 제주바다에서 빠져 죽으려 했던 고은 시인의 회고담이 생각났다. 그 일초선사一超禪師께서 가라사대…

서른 살 때 바다에 빠져 죽으려고 제주도행 배를 탔다가 너무 취해서 죽는 걸 잊어버렸어! 가방 속의 큰 돌에 로프를 묶어가지고 내 허리에 묶어 저 깊이 심해로 들어가, 안 떠오르도록 하려고 마음먹었는데 말이야. 제주해협이 그때처럼 호수가 된 적이 없었어. 파도가 부드러워진 걸 '젠틀 웨이브'라고 하는데, 그보다 더 거울 같았으니까. 때마침 달은 떠오르고 미칠 것 같더라고, 배 안 매점에서 몽땅 샀던 술을 아무리 마셔도, 들이켜도 도무지 취하지 않고, 오히려 명징한 이성만 또렷하더군. 내가 죽음 앞에 있으니까 술조차도 날 거절하는구나, 하는 생각이 들었어. 그런데 나중에 알고 보니 바다 공기가 너무 좋아서 취하지 않았다데. 계속 마셔대다가 결국 쓰러져 버렸고, 부웅 하는 뱃고동 소리에 깨어나 보니 이미 항구였어. 그래서 돌을 매고 죽는 건 실패로 돌아갔지. 이후 몇 년간 제주에서 공민학교를 개교하여 교장을 겸한 국어 및 미술선생으로 일했지. 언젠가 평론가 김현이 제주도로 날 찾아왔더군. 그때 김현이 날 가리켜 가면의 마술사라고 칭했지. 그 가면은 미지의 부인을 수없이 얻고 버린 자의 비애가 짙은 허무감과 동반되어 나타난다고

하면서 자신의 이해를 초월하여 내가 존재하고 있다고 논평하였
지….

제주도 시절 고은 시인의 이야기가 머릿속에 너울치자,
입안에서 나둥그라지던 통곡소리가 제주바다 저편으로 곤두
박질치는가 싶더니, 마침내 희끄무레한 어둠 저편에서 마라도
가 전격 출현했다. 일각이 여삼추더니, 우리는 기어이 마라도에
입도할 수 있었던 것이다.

***

머나먼 여행은 그렇게 끝이 났다. 하늘로 가는 마차는 돌아올
기미가 보이지 않았다. 내 손목시계가 난, 지금, 생존해 있다는
신호를 보내고 있었다. 숨 쉬는 내 몸을 느끼며 꽃 같은 너를
생각했다. 또 다른 나의 절반을 찾다가 노짱과 김지하와 고은을
떠올렸다. 마라도 행 제주 앞바다에 서 있는 내 이름을 가만히
호명해 본다. 아, 캄캄한 밤하늘에 마라도 별들은 참으로 송송했

다. 혼불이 일듯 사무치는 별들이 아우성치며 다가왔다. 고
노무현 영가靈駕의 분향소가 차려졌다던 마라도 기원정사 대웅
전 앞마당에서 이제 막 환속을 단행한 낯선 바람 한 줄기가
사타구니를 시원스레 훑으며 지나갔다. 국토 최남단 관음성지,
기원정사의 금빛 해수관음보살상이 어둠 속에서도 소용돌이
치던 마라도 앞바다를 굽어보고 있었다. 그날 마라도에서 그
누가 나에게 속삭였던가? 평생 동안 한 사람만을 사랑할 수
있다고 말하는 것은 초 한 자루가 평생 동안 탈 거라고 말하는
것과 같다! 라고….

시간의 갈퀴들

─生의 오디세이아

그때부터 나의 시간이 죽어가고 있었다. 지천명知天命의 사내들이 쇠잔한 시간의 갈퀴를 붙잡고서 몸부림쳤다. 방송국에 다니는 옛 친구는 태양이 인사동을 떠날 때쯤 나타나 며칠째 술집 구석에 퍼질러 앉아 둥지를 틀었다. 그러던 어느 날 좀 더 내장을 다스려야 한다고 돌연 금주를 선언하더니 벌써 서른세 날을 손꼽아 세고 있다. 이때 누가 말했다. 그가 이제 주변 여자들만 잘 정리해낸다면 아마 성불成佛할 거라고. 자본주의적 혁명은 인사동 주점에서 시작된다. 혁명을 꿈꾸던 옛 사내들은 그때부터 자본의 풍랑과 거칠게 맞서고 있었다. '여자만'이나 '시인' 혹은 '소담'이나 '낭만'에서 주당酒黨을 도모한 그들은 '무다헌'이나 '유목민'으로 자리를 옮겨 밤새껏 불면증을 독식했다.

흐린 벽 모퉁이에서 어느 사내가 진즉부터 손전화를 붙잡고 사랑론을 열강한다. 지난 몇 년 동안 그 자와 사귄 게 분명한, 돈푼깨나 있다는 그 여자일 게다. 당신, 내 사랑이 깊고 멀다는 것을 알잖아? 암튼 내가 지금 당신을 무진장 원한다는 걸 알 거야… 인간은 모두 죽는다고, 그 무덤 속으로 돈을 싸갖고 들어갈 거야, 제발 우리 좀 나눠 쓰자고, 그가 솜털처럼 부드러운 목소리로 돈 좀 빌려 달라고 그녀를 달래고 있었다. 어르고 등골을 뺄 심사였다. 그동안 나눈 사랑의 시간들을 위자료로 환산해 달라던 그가 이윽고 술집이 떠나가도록 악을, 악을 썼다.

때마침 하루 일용할 양식으로 막걸리를 매일 들이켜 이즈음 '막형'이라는 아호를 쓰는 사내가 돈 타령에 얼룩진 그를 살짝 쳐다보다가, 동변상련인 듯 한마디 거들었다. 그래, 저 자식도 오죽하면 저리 지랄 떨겠나. 자식새끼 대학 등록금 날짜는 다가오지, 술 사 처먹어야지, 최근에 만난 어떤 여자 뒤 닦아주려면 아마 지금쯤 쇳가루가 좀 필요할 거야. 사랑도 이제 자본주의 적이 아니면 영, 재미가 없잖아. 결국 돈 때문에 사랑을 사고, 돈 때문에 상처를 파는 게 이놈의 세상이야. 세상이 이제 온통 돈구멍 같은 매춘부들로 가득 차 있어. 그 돈다발이 도착할 때까지 저놈은 벌거벗은 나뭇가지처럼 허접한 사랑과 맞서

싸우다가 아마 며칠 후 길바닥에서 울고 있을걸….

2007년 12월의 대선을 앞두고 그해 정초부터 시국은 어수선하게 돌아가고 있었다. 하여 1월의 그날, 그래도 문단에서 서로 죽통이 잘 맞는다고 소문난 네 명의 사내들이 인사동에서 만나 시국관을 논하고 있었다. 그중 셋은 58개띠 견생犬生이었고, 다른 하나는 60년 쥐띠생이건만 그는 견생들과 진즉부터 너나들이로 맞먹고 있었다. 한참 동안 정권재창출 여부를 놓고 우국지정憂國之情을 나누던 그들은 속눈썹 짙은 여자사람도 없이 사내들끼리 처량하게 정권을 탐한다는 사실에 화들짝 놀라 이제 그만 찢어지자고 귀가를 서둘렀다.

택시 하나를 붙잡아 여기저기에 떨어뜨려질 심산으로 중년의 사내들이 합승을 했다. 택시가 마포경찰서쯤에 이르자 앞자리에 타고 있던, 돌싱남 이가李哥가 하차를 서둘렀다. 이때 뒷자리에 앉은, 그보다 두 살 아래인 박가朴哥가 비밀스럽게 어깨를 툭 잡아채더니 이형, 우리, 여자 있는, 술집에서, 한 잔만 더

합시다, 오늘 내가 살게! 한다. 이에 차마 믿을 수 없다는 표정으로 앞자리의 이가가 당신이 정말 살 거야? 라고 마뜩찮게 되받아치며, 잠시 하차를 망설였다. 이즈음 모래씹 같은 세월 속에 파묻혀 살고 있던 이가였기에 이거, 진짠가? 여자 있는, 술집에서, 한잔 더 해버릴까 하고 생각타가 혹여 영진설비 갖다 줄 돈을 마누라 몰래 또 쓰자는 건 아닌가, 그 마누라 성질 한번 엿 같던데, 하며 잠시 의구심을 품었다. 그러다가 마지못한 듯 요씨, 그럼, 그러든가, 하며 박가의 청에 승낙을 했다. 그러자 갑자기 허전했던 기분이 일순 좋아졌다. 그래, 우리에게는 어리석은 세상을 홀릴 입술 하나가 더 있지. 그리고 세상의 천사들을 속일 악마를 하나씩 내장하고 있는지도 몰라.

　그리하여 마포에서 직진하여 공덕 로터리 쪽으로 기수를 돌린 택시가 합정동으로 꺾어 들어서는 찰나에 갑자기 두두두 두두, 하면서 돌싱남의 핸드폰이 진동으로 마구마구 울어대기 시작했다. 발신자 이름을 보니 간혹 싱겁게 농지거리를 주고받던 친구였다. 그런데 전화선을 타고 당치않은 부고訃告가 전해져

오고 있었다. 인사동을 벗어난 시간의 갈퀴들은 느닷없이 처량
해지기 시작했다. 잠시 후 그는 자신의 귀를 의심하고 있었다.
이천칠 년 일 월 십구 일 밤, 발정난 시간의 갈퀴들이 거칠게
휘달려 오고 있었다.

박찬 시인 돌아가던 날
— 卒의 오디세이아

1. 백팔 배와 부고 사이에서 길을 잃다

뭐 박찬 형이 죽었다고? 아니, 생때같은 그 사람이 왜 죽었대? 한 달 전인가 너무 피곤해서 병원 갔더니 간암 말기였대. 간암 말기? 그래. 수술 한번, 처방전 한번 못 받고, 민간요법 한다고 강남 봉은사에서 하루에 백팔 배라든가, 삼천 배라든가 조석朝夕으로 절만 했다는데, 결국 그만… (핸드폰을 타고 간간이 애도의 한숨이 전해져 온다) 앙상한 사시나무처럼 쪼그라들다가 병원에서 아까 오후 다섯 시경에 갔데. 아…, 그래, 빈소가 어디야? 거참 훌쩍, 가셨네. 잔병치레도 없이. 질질 끈다고 해도 무슨 약도 없을 건데 짧고, 굵게 갔잖아! 식구들 고생 안 시키고, 간암! 그거 참, 지독한 암이지. 평론가 이성욱이도 5년 전인가 그걸로 갔잖아. 몇 년씩 질질 끌다보면 돈은 돈대로 깨지고, 주변 형제자매들에게 못 볼 것 많이 보여준다던데… 이왕에 날짜 받아놓은 거라면 속전속결이 좋을 수도 있지, 안 그래? 그나저나 그 형이 그래도 사람은 좋았는데, 쌩긋 미소에 브릿지 한 머리칼… 인사동에서 이 집 저 집, 하루에도 몇 탕씩 뛰면서 바쁘게 살았잖아… 그 바바리코트에 청자색 목도리가 트레이

드 마크… 야, 근데 증말, 가긴 간 거야? 갔지! 이 쓰발놈아, 갔으니까, 지금 너랑 이렇게 뜬금없이 통화하지. 내가 암만 막돼먹은 놈일망정 죽음 갖고, 장난치겠냐? 아이고, 이, 화상아!

　　돌연한 소식을 전해들은 지천명의 이가^{李哥}가 힘없이 손전화를 끊더니, 택시 안 사람들이 다 들으란 듯 부고^{訃告}를 내지른다. 허허 참, 박찬 형이 방금 졸^{卒}했다는 전환데… 기분 참 더럽네! 이 소식을 들은 조선일보 방 씨^{方氏}라는 친구가 기다렸다는 듯 그럼, 우리, 그냥 빈소로 가기도 뭐하니 내려서 한잔 더 마시자, 고 청한다. 그러자 방 씨와 군대 동기인 또 다른 건생^{犬生}이가가 신속하게 왈왈구찌처럼 짱을 박았다. 그럼 아까 박가^{朴哥}가 일잔 산다고 했으니, 이왕이면 기분 좀 풀게 여자 있는 노래방으로 가자, 한다. 그러자 범생이 흉내 내듯 박찬 시인의 부고를 전했던 이가가 되받아쳤다. 어야, 지금 사람이 죽었다는데 노래방이 뭐냐? 서울대병원으로 당장 가보자구! 영안실이 그곳이레…. 그러자 여자 있는 술집, 운운하며 한잔 사겠다고 청했던 박가가 한마디 했다. 거어, 찬이 형, 씨발 안됐네! 환갑도 아직 못 찾아 먹었을 건데, 두 딸도 아직 미혼일 테고, 이거 어쩐다… 하면서 남의 일 아니라는 듯 심란하게 한숨을 폭폭 내뱉는다. 야, 그럼, 기분도 엿 같으니 일단 내리자고! 이에 합정동 네거리쯤에서 모두들 하차를 단행했다.

2. BMW 신세가 BMW로 찾아들다

그럼 한 두어 시간만 놀다가 이따 새벽에라도 가긴 가보자고, 너무 억울하게 죽었잖아. 억울하게 죽었다는 부고쟁이의 말에 누구도 금세 토를 달지 못하고 합정동 인근에서 잠시 우왕좌왕했다. 그러다가 2차 입가심으로 노래방을 좋아하는 그자가 어디 가서 분 냄새라도 한번 맡고 가자고 명토를 박았다. 이때를 기다렸다는 듯 조선일보 방 씨가 최근에 한번 가봤는데 괜찮더라, 그리로 가자고 청했다. 행길 아래쪽 골목길로 삼십 미터쯤 쭉 내려가니 조금 으슥한 오른편에 술집 이름 같지 않게 BMW라는 간판이 전격 출현했다. 그곳은 S출판사 박 아무개 주간이 최근 개발했다는 곳이었다. 순간 오십 줄에 이른 이가가 잠시 묘한 기분에 사로잡혔다. 내가 지금 BMW 신세 아닌가. 그

잘난 똥차 하나 없이 이 나이 먹도록 무면허로 Bus－Metro
－Walk만 이용하고… 이런 젠장칠 신세, 라고 자탄할 때쯤
모두들 BMW를 향해 지하 계단으로 허청허청 발길을 옮기고
있었다.

　그 주점 문을 밀치고 들어선 방 씨가 이미 두세 번 와본
듯 벌써부터 단골 흉내를 냈다. 그가 마담! 마담! 하면서 마치
술값 계산할 작자처럼 제법 큰소리를 쳐댔다. 텅 빈 홀에 손님
4인분이 한꺼번에 들이닥치자 텔레비전 연속극에 정신이 팔려
있던 마담이 앉은자리에서 벌떡 전봇대처럼 솟구쳤다. 얼굴엔
금방 화색이 돌고 있었다. 도화살을 머금은 홍조 띤 낯빛이었다.
방 씨와 잠시 눈을 맞춘 그 마담은 조금은 과장된 목소리로,
아 싸장님 오셨어요, 어서 오셔요! 하자 방 씨가 대뜸 그녀에게
예쁜 언니들 좀 보여줘! 우리 오늘 좆나 슬퍼서 그래, 라고
내질렀다. 이에 마담은 아, 슬프면 취하도록 마셔야죠, 언니들
뭐해! 하면서 설쇠 장구를 쳐댔다. 대기실에서 고스톱을 치던
몇몇 언니들이 미니스커트 차림에 엉덩이를 흔들면서 룸으로

들이닥쳤다. 싸장님, 그럼 오늘 양주 큰 거 한 병 해야겠네용, 그 마담은 우리들 슬픔의 내력 따위는 아랑곳없이 벌써부터 매상 올릴 궁리만 하고 있었다. 그러자 한잔 사겠다고 이미 큰소리쳤던 박가가 사장, 우리 돈 없어, 맥주 가져와! 하며 짐짓 으름장을 놓았다. 이때 방 씨가 순발력 있게, 우리 섞어 치자고! 하니, 맥주와 양주와 과일과 마른안주가 뒤섞여 순식간에 입장하고 있었다.

3. 산자는 망자가 슬퍼 폭탄주를 들이마시다

스카치위스키와 카스를 섞은 폭탄주가 일시에 말아져 몇 순배씩 촬촬촬 돌아가고 있었다. 이윽고 노래 좋아하는 그자가 어느새 마이크 쪽으로 다가서더니 노래 일발을 장전하려고 준비 완료된 상태였다. 노래방 화면을 보니 신청곡이 <칠갑산>이었다. 어휴, 저 새낀, 또 그 노래야… 정말 사반세기 동안 엉덩이 흔들어대며 지겹도록 부르던 그 십팔번이었다. 콩밭 매는 아낙네야, 베적삼이 흠뻑 젖는다, 무슨 설움 그리 많아 포기마다 눈물 심누나 홀어머니 두고 시집가던 날, 칠갑산

산마루에 울어주던 산새소리만 어린 가슴속을 태웠소, 하는 그 노래가사에 맞춰 노래방 영상 그림이 뜨고 있었다. 콩밭 매는 아낙은 시골 아줌마가 아니라 가슴이 미어터질 듯한 젊은 여자였다.

자신의 십팔번을 맨 먼저 불러 젖힌 그가 짐짓 흐뭇한 표정으로 노래를 마치자 조선일보 방 씨가 얼른 바통을 이어받더니 <해변의 여인>을 신청했다. 그래도 그 노래는 시원한 해조음이 깔려 있어 들을 만했다. 허나 이가와 박가는 그들이 노래를 하든 말든 아랑곳하지 않은 채 아까 들어온 도우미 티티새를 품속에 넣었다, 뺐다 하면서 작업 중이다. 결혼은 한 번 했고? 그럼요, 제 나이가 지금 몇인데, 호호호…. 아니야, 넌, 젊게 보여. 난 여대생인 줄 알았어. 그나저나 마지막으로 그건 언제 했어? 마지막이요? 한 일 년쯤 되었나, 호호호…, 기억도 안 나네? 뭐라고? 일 년이나 되었다고? 설마, 당신 거짓말로 장난치는 거지. 네에? 저는 절대로 사랑 없이 못해요! 그리고 이딴 곳에 있다고 손님들이 이차 가자고 유혹해도 함부로 갈 수 있나요? 서로 간에 사랑이 있어야 가능하죠. 그녀는 헤프지 않는 웃음을 떨어뜨리더니, 잠시 동안 지조론을 설파했다. 그으래, 오늘 아주 조졌네. 기분도 쫘 해서 여차하면 한번 자빠뜨리려고 했더니 에이! 그가 잠시 불평분자처럼 내쏘더니, 그럼, 만지지도 못한다는 거야? 하면서, 그의 왼손이 어느 새 그녀 앞가슴께로 파고들고 있었다. 오른손은 능숙하게 그녀 뒤태 쪽 엉덩이 둔덕의 좁디좁은 틈새를 찾았다. 그녀가 가만히 있자, 사내는 더욱 대담한 시도를 한다. 그녀 얼굴이 조금 불콰해지더니 이내 촉촉한 낯빛으로 그 사내를 한번 쳐다보았다. 이때 계속해서 또 다른 십팔번을 연타로 날리던 칠갑산 사내가 힐끔 그를 쳐다보더니 야, 저 자식 봐라. 아까는 빨리 조문 가자고 얌전떨더니 벌써부터 저 지랄이네, 한다. 이에 그는 조금은 멋쩍은 듯 어야, 쪼까, 외로워서 그런다, 한번 봐 주라, 하면서 어쭙잖은 변명을 해댔다. 그렇게 한바탕 왁자해 진 가운데 한잔 사겠다고 호기를 부린 박 아무개 선수가 좌중을 한번 훑어보고 있었다. 탁자 위에 널브러진 양주, 맥주병을 세어보더니 더 있다가는 양주가 두세 병쯤 추가될 듯싶어

73

마담을 향해 양주 스톱! 이라고 짱을 박아댔다. 그러더니 자, 자아, 많이들 먹어 조졌네. 어차피 찬이 형 빈소도 가야 하고, 2차도 글렀으니, 이만 일어서자고! 하면서 어느새 카운터 쪽으로 다가서고 있었다.

　이런 젠장맞을, 한창 흥이 오르려는데… 입맛을 쩝쩝, 다시던 사내들이 그래도 잘 놀았다는 표정이었다. 다시 또 오겠다는 말을 마담에게 던져주고 나서 그들은 BMW 수렁에서 빠져나오고 있었다. 도합 이백 살에 육박하는 인간들이 지하에서 지상 위로 솟구쳐 나왔을 때 거리는 이미 날짜선을 변경하고 있었다. 술시酉時에 입실했는데 시각은 어느새 자시子時를 넘어서고 있었다. 어둠의 지푸라기들이 거리에 넘쳐났다. 달려오는 빈 택시를 향해 몇 번이고 손을 흔들었지만, 택시란 놈은 좀체 서지 않고 그냥 통과, 통과만 한다. 이런 씨부럴 놈의 택시들! 우린 지금 조문가야 하는데, 왜 안서는 거야! 통과, 통과를 몇 번이나 반복타가 간신히 붙잡힌 택시를 타고 취기에 젖은 사내들이 대학로 근처 서울대병원 영안실로 향했다. 이때 누가 잠시의 침묵을 깨고 한마디 했다. 근데 찬이 형은 동국대 출신이고, 세브란스서 돌아가셨다는데 왜 영안실을 서울대병원으로 잡았대? 하니, 야 그걸 모르냐? 세브란스는 술을 못 먹잖아. 그리고 서울대 안 나온 사람들이 가장 선호하는 병원이 서울대병원이야. 나도 죽을 땐 이왕이면 서울대병원서 죽을 거야··· 하하하. 야, 찬이 형이 설마 그랬을라고, 하는데 택시는 서울대병원 영안실 입구에 멈춰 서고 있었다.

4. 아, 박찬 형님이 영정으로 저기 있네

사내들은 영안실 6호실로 들어섰다. 진짜로 박찬 형이 배시시한 미소에 제법 시인다운 허전한 표정으로 영정이 되어 잔잔하게 웃고 있었다. 아 정말이네, 죽어버렸네 그려! 벌써 여기저기서 보내온 조화弔花 속에 파묻힌 찬이 형이 무심한 눈빛으로 술 취한 우리들을 처다보고 있었다. 항상 그렇듯이 너, 왔냐? 하고 말하는 표정이었다. 연이어 조문객들이 몰려들고 있었다. 이날 찾아온 조문객들이 워낙 많아 그 이름을 일일이 기억할 수 없지만, 문단 원로 및 중진으로 민영 임헌영 현기영

양성우 정희성 서정춘 오세영 정진규 등이 왔고, 48년생 동년배 전후로 황현산 이명수 윤정모 이시영 배평모 최동호 조정권 이경자 유시춘 임효림 홍일선 등과 동국대 동문으로, 홍신선 이경철 한만수 장영우 황종연 김춘식 등과 여성 문인으로 이경림 김정란 박라연 노혜경 김경미 김형경 나희덕 김해자 김지우 신현림 조정 정끝별 김여옥 이정민 손정순 신희지 안현미 이기와 고미경 등이 찾아왔다. 아울러 문단 후생인 김양호 강형철 이은봉 이영진 김정환 최두석 김사인 도종환 김용범 이상락 김영현 윤지관 고형렬 나해철 박희호 황학주 김남일 현준만 이재무 강세환 방남수 이도윤 박철 서홍관 유종순 김형수 고운기 박주택 정우영 안도현 맹문재 방현석 김재호 유용주 방민호 정기복 홍용희 전기철 오정국 곽효환 윤대녕 이덕규 김종광 안찬수 차창룡 손택수 최창균 문태준 전성태 손홍규 홍기돈 이정록 김근 송경동 문동만 등등이 연이어 찾아와 홀연히 떠난 찬이 형을 기리고 있었다. 생전에 절친했던 대구 사는 문인수 시인의 눈가는 이미 촉촉이 젖어 있었고, 지리산 인근에서 박남준, 이원규 시인이 바람처럼 달려와 고인이 된 박찬 시인의 영정을 찬찬히 바라보고 있었다. 어디 그뿐이랴. 정철훈 정운현 백무현 최재봉 허연 배문성 홍성식 손민호 등등 언론계 후배들이 분주히 술잔을 들이키고 있었다. 이날 조문객들 사이에선 타클라마칸 사막에서 구도를 꿈꾸던 찬이 형과 그의 막판 삶을 한때 곤혹스럽게 만든 영상물 등급위와 바다이야기 등이 오갔지만, 그래도 사람 하나는 매우 살가웠고, 괜찮았다로 귀결되고 있었다. 에이, 이렇게 가다니, 참 허망한 인생이네. 사람이 그리 쉽게 갈 수 있나? 한 달 전인가 인사동 어름에서 본 것 같은데 허어⋯. 그러다가 장례절 차를 둘러싸고 몇 사람이 모여 의견을 교환했다. 홍일선, 이승철 시인은 시인장詩人葬으로 모시자고 주장했으나 문단 연조가 박찬 시인보다 빠른, 70년대에 데뷔했던 이 아무개 시인이 글쎄, 글쎄, 하면서 난감한 표정으로 고개를 내젓는다. 하여 문인들이 참여하되 가급적 소략한 형식으로 가족장 겸 시인장 으로 치르자고 의견이 모아졌고, 장례 명칭은 <故고 박찬 시인 장례식>으로 하자고 합의를 봤다. 이소리 시인은 <오마이뉴 스>에 "시인이여, 남은 우리는 눈물이나 적십니다"라는 장문의 추모 기사를 올려 박찬 시인의 따스한 인간성을 다시금 상기시켜 주고 있었다.

그리하여 동국대 장영우 교수의 사회, 문인수 시인의 조사, 이재무 시인의 조시, 후배 김지혜의 박찬 대표시 낭송, 유가족 인사 순으로 2007년 1월 22일 오전 6시경 서울대병원 영안실 강당에서 박찬 시인의 발인식이 준비되고 있었다. 발인 날 새벽에도 이삼십 명이 조문을 하러 찾아왔다. 그날 발인식장에서 이재무 시인이 조시弔詩를 읽다가 갑자기 옛 일이 떠올라 복받치는지 느닷없이 닭똥 같은 울음을 떨어뜨려 잠시 시낭송이 지체되었다. 그가 공식석상에서 시를 읽다가 우는 걸 처음 본 사람들은 그때 적잖이 놀라는 눈치였다. 아, 저 친구가 박찬 형과 저리도 깊은 우정을 나눈 사이던가. 엊그제 노래방에서 참, 잘 놀던데… 언제 또 조시는 썼나, 암튼 부지런 하나는 알아줘야 해…. 찬이 형 형수님 김매심 여사와 세의, 세연 두 딸이 조문객들에게 고맙다는 유가족 인사를 끝으로 발인 절차가 끝났다. 박찬 형님의 유해는 이제 벽제화장터에서 소신(燒身)된 후에 고향인 정읍 선산으로 내려갈 작정이었다. 문상객들은 떠나가는 영구차를 향해 저마다 한마디씩 남기고 있었다. 친구 잘 가소, 형님 잘 가소, 선생님 잘 가십시오!… 했다. 그날 나는 문인수, 조정, 최창균 시인 등과 함께 정읍 선산으로 향했다.

5. 산에 들에 고시레 하며, 육신을 지운 사람아

생전에 사람다운 사람 하나 만나고 싶다던 박찬 시인이었다. 생각이 무슨 솔쾡이처럼 뭉쳐 팍팍한 사람 말고 새참 무렵 또랑에 휘휘 손 씻고 쉰내 나는 보리밥 한 사발을 찬물에 말아 나눌, 그런 순한 사람을 그는 만나고 싶어 했다. 그러다가 한번 가면 돌아올 수 없는 그곳, 타클라마칸 사막을 오랫동안 헤매곤 했다. 어느 날 그는 안개에 가려 좀처럼 그 모습 드러내지 않는, 고향 마을의 서래봉(西來峰)을 마침내 발견하기 시작했다. 바로 눈앞에 있는 서래봉을 놔두고 그동안 다른 곳만 찾아 헤매었다고 장탄식을 했다. 그러던 그가 자신의 말처럼 그 누구도 귀찮게 않고, 슬그머니 가기 참 좋은 그때를 기다리고 있는 줄 우린 정말 몰랐었다. 그는 길 떠나기에 앞서 자신의 죽음을 미리 예견한 듯 「화장火葬」이라는 시 한 편을 유언처럼 남겨 놓았다.

이제, 썩어 없어질 육신을 위해
저 나무를 자를 수는 없다.
곱게 자라는 풀들을 파헤칠 수는 없다.
살아서 힘겹게 내 자리를 마련했듯
지금 펄펄 살아서 꽃피우는,
나무와 풀들의 자리를 차지해서는 안 된다.
썩어 없어질 육신은 불살라
산에 들에 강에 뿌리고, 고시레…
새들이 고기들이 섭취한 배설물로
자연스레 나의 자리를 마련하기 위해
둥둥 떠도는 흰 구름으로, 연기로,
나의 흔적을 지워나가야 한다.

그날 운구차는 정읍 내장산동 주민센터 인근의 농로를 따라 들어섰다. 때맞춰 조선대 교수로 재직 중인 나희덕 시인이 운전을 하며 찾아왔다. 내장산 입구의 선영, 어머니가 먼저 묻힌 그 볕 바른 곳에 우리는 마침내 도착했다. 문인수 시인은 화장된 몸, 그 뼈를 빻아 한 끼 더운밥에 비벼 놓았다. 우리는 그 뼛가루를 한 줌씩 들고서 선영 주변에 골고루 흩뿌려 주었다. 평소 외로움은 자신의 식량이라던 시인의 육신은 희디희게 산골(散骨)되어 한 줌의 자연으로 되돌아가고 있었다. 그때 문인수 시인은 "찬이, 참 춥겠다."고 중얼거렸다. 조정 시인은 그 뼛가루나 밥알이야 이제 아무것도 아니겠으나, 무척 서운한 마음으로 "잘 가십시오." 했다. 나는 환갑, 진갑도 못 버틴 그가 조금은 야속했으나 "아, 형님이 이리 하얗게 되는구나. 형님, 그래도 한세상 잘 놀다 가셨다고 생각하시구려." 했다. 미망인 형수님과 두 딸은 그저 아무 말도 하지 못한 채 소나무 아래 휘휘 흩뿌려지는 남편과 아버지의 흔적을 둘러봤다. 그는 이제 저 흙 속으로 태곳적 바람 곁으로 떠나가고 있었다. 그날 밤 저 멀리서 푸른 별들이 찬이 형을 마중하고 있었다.

유명산에서 하룻밤을

대성리 지나 가평 유명산 자락 입구 부엉이 우는 산골을 찾아 나선 중년의 남녀 한 쌍이 허청허청 길을 오른다. 막차를 놓친 그들은 컵라면으로 요기를 때운 후 민박집 모퉁이에 앉아 한바탕 싸움 끝에 밤새 맞고를 쳤다. 벌거숭이 맨 살갗 위로 몰아치던 못 미더울 그 밤의 언약이 눈발처럼 덧쌓일 때 제가끔 오늘 또 하루를 산다는 것의 애달픈 욕망을 생각했다. 창밖 저수지가 우지끈, 은빛 신음을 토하다가 가늘게 부서졌다.

팔베개를 해달라던 꾀죄죄한 작은 새 한 마리의 앙칼진 울부짖음. 서로에게 상처뿐인 입천장을 끝끝내 내보이지 않겠다던 다짐만을 새김질했다. 갈참나무 몇 그루가 잉잉거리며 귀밑머리에서 떠날 줄 몰랐다. 중년의 그녀가 느닷없이 잠든 사내를 깨우더니 어서, 술 좀 사오라고 악다구니를 쳤다. 중년의 사내는 이 여자, 오밤중에 미쳤나? 하고 거칠게 쏘아붙이자, 그녀는 지금 당장 술 안 가져오면 당신과 나는 끝장이다! 고 쏘아붙였다.

끝장, 끝장… 이라는 말에 그 사내는 아직, 아직은… 하면서 칼바람이 몰아치는 시오리 밤길을 떠났다. 그 어둠 속에서 문득 그는 어제 떠난 또 다른 그녀의 얼굴을 떠올렸다. 왜 나는 당신의 살과 뼈들이 아직 못다 한 그 말씀을 찾고 있는 건가. 첫눈이 내리던 그날 밤 창문을 무심코 닫아버린 한 사내를 거부하며 그녀는 인사동 모텔을 박차고 떠나갔다. 그래, 내가 첫눈보다 못한 인간인 게야? 그 따위 허황된 깨달음은 결국 잿빛 그림자만 남긴 채 제 발등을 찍고 있었다. 돌아와 주오, 나의 티티새여, 그대 어디로 떠난 거요.

아침이 밝아오도록 그는 옛일을 회상하며 뜬 눈이었다. 술을 사오라던 중년의 그녀는 소주병을 마주한 채 널브러져 있었다. 별맛도 없는 것이 그리 악을 써대기는… 됐어, 이제 그만 종쳐야겠어. 아침나절, 흰 연기가 너와집 지붕 위로 코끝 간지러운 밥 냄새를 풍기고 있었다. 머리에 잔설을 뒤집어 쓴 늙은 소나무들이 팔꿈치를 들어 바스스 몸을 떨었다. 흰둥이 진돗개 한 마리가 꼬리를 치켜세우며 지나갔다. 여우털 코트를

입은 키 작은 여자가 종종걸음으로 뒤따라갔다. 유명산 참숯가
마에선 시퍼런 불길이 살가죽을 어루만지고 있었다.

2006년 1월, 강화江華 풍경

강화 가는 길목마다 가느다란 눈발이 서걱거렸다. 그맘때쯤 초지진 강물은 천왕봉 마고석상처럼 누운 채 합장을 거듭하였다. 얼어붙은 빗장뼈로 잉잉잉 소리치던 강물은 임진 나루터께로 순례하듯 떠 흘러갔다. 어판장 수족관에선 팔뚝만 한 숭어가 자맥질을 멈추더니 이내 도마 위에서 선혈을 흩뿌렸다.

백령도에서 왔다는 암꽃게들이 좌삼삼, 우삼삼으로 뉘엿뉘엿 다리쉼을 할 때 스물댓 살쯤 먹은 산밤 장수 처녀가 불그스레한 낯짝으로 행인들을 호객했다. 아저씨, 몸에 좋은 산밤 좀 사주세요, 산밤 좀 사주세요…. 관광버스에서 하차한 중년의 사내들이 한 봉다리씩 집어 들고서 산밤을 파는 그녀 얼굴을 연신 쳐다보았다.

오냐, 오냐 하며 세월 참 잘 흐르더니 벌써 우리 나이 오십인가. 이거 너무 오래 버팅기고 있는 것 아닌가. 그날 이후 신문과 방송은 오직 황우석이라는 이름 석 자만을 연일 토해내고 있었다. 말짱 황이야, 말짱 황구라 도루묵이라니까. 그때 한 친구가 황우석이고, 개나발이고 이젠 지겹다며 불쑥 내뱉었다.

　귀때기가 얼얼하도록 소한 추위가 강화대교 아래를 어슬렁 거렸다. 그날 황토방 민박집은 지글지글 끓었다. 담배 맛이 저다지도 달콤하다가 때론 구슬펐다. 아, 등짝 한번 따땃하다, 따땃하니 이놈의 세상이 참 오지네 그려. 자넨 삼겹살을 굽게나, 나는 장작을 가져올 텐께. 어야, 겉보리 서 말이면, 이제 정부미 안 먹을 거여. 내 참, 드러워서. 아트앤스터디의 현준만 사장이 상기된 표정으로 어깃장을 놨다.

　이글이글 타오르던 장작더미는 저마다 푸른 눈동자를 간직 하고 있었다. 타닥, 타다닥 목젖을 벌리다가 연신 화구 밖으로 아가리를 토해냈다. 제 몸뚱이를 일순 뒤집더니 페치카 위 철판이 벌겋게 달구어졌다. 어느덧 창밖은 고요하더니 오종종 한 별들이 한 움큼 손에 잡힐 듯 쏟아졌다. 그래, 이 맛이야, 바로 요 맛이랑께. 철판 위 삼겹살 뭉텅이가 삽시간에 언 몸을 풀어 젖혔다. 백강白江 이 아무개 시인의 거시기만 한 소시지와

86

곰삭은 김치 쪼가리와 양파와 청양고추가 입천장 가득 알싸하게 뒤얽혀 묘한 맛을 연출해내고 있었다. 야, 고 맛 한번 죽여주네 그려. 방 사장, 엔간히 때려 먹었으면 이제 한판 놀아보자고. 현 사장한테 정부 돈도 받았것다, 이왕이면 살림에 보태 쓰라고 한 놈한테 밀어줘야지. 안 그래 현 사장! 우리가 살면 얼마나 더 살겠나? 미디어이즈의 김 사장과 계간 『시작』의 이 주간은 벌써부터 전의를 가다듬고 있었다.

당뇨가 있다던 아트앤스터디 현 사장과 화남출판사 방 사장은 잠시 서로를 힐끔거리더니 연신 소주잔을 입안에 털어 넣었다. 핑그르르한 눈빛으로 서로의 낯짝을 쳐다보다가 흐흐흐 웃고 있었다. 그러고는 발꿈치를 들어 올려 빈 들녘에 오줌발을 휘갈겼다. 때마침 산꿩이 푸드덕 소리치며, 골짜기 숲으로 사라져 갔다. 마른 상수리나무 가지가 작심한 듯 우지끈, 대지를 힘차게 끌어안았다. 불콰한 얼굴로 세븐오디 게임이 시작되고 있었다. 포카드 한 방에 앞마이를 몽땅 오링당한 두 사람이 서울로 길 떠날 때 갓 잡은 숭어 매운탕은 주방 위에서 끓어 넘치고 있었다.

기억과 망각의 길목에서

오늘 그는 뚜렷이 할 일도 없어 느닷없이 창덕궁으로 갔다. 오백 년 묵은 적막이 토해내는 홍화문 문짝을 지나치는데 두 볼이 발그스름한 젊은 신부가 면사포를 쓴 채 배시시 웃는다. 허나 그녀 신랑은 어느새 히프가 탱탱한 외간 여자를 힐끔거리고 있었다. 결혼 한번 해봐라, 인간들아. 꼿꼿한 사랑도 헛헛한 원망으로 뒤바뀌는 게 그놈의 결혼이다. 머잖아 너희들도 인생이란 내리막길을 허청허청 걸을 것이다. 허나 산다는 건 나처럼 미친년 하나 없이 이리 늙어가는 것 또한 아니다.

도무지 헷갈려서 종잡을 수 없어. 정말 헤어지는 걸 원한다면 더 이상 답장 보내지 마세요. 어제 전화해서 옛일은 화해하자더니 오늘 왜 또 발작이죠. 오밤중에 전화해서 상처뿐인 날들은 모두 잊어버리자고, 그래도 오직 당신이 사랑한 것은 나뿐이었다고, 고맙다고 말하면서 오늘 보자고 안 했나요. 온종일 기다려도 문자 한번 주지 않더니, 뭐라고요? 모든 걸 잊자, 잊어버리자고요. 날 정말 미치게 하지 마오. 당신은 정말 개 같은 후레자식이야. 그래 당신 말이 옳아. 내가 그 유명한 58개띠인 걸 이제 아시나. 나, 당신 사랑한 적 없어. 아니 그때 그날을 생각하면 치가 떨릴 뿐. 그래요? 당신 생각 존중하고 싶네요. 부디 좋은 사람 만나 잘 사세요. 어제 한의원에 갔더니 내 피가 지금 머리끝까지 치오르지 못해 위험하다고 하네요. 부디 내 몫까지 잘 살아주세요. 그럼 내가 당신을 그리 만들었다는 거야? 당신 때문이 아니고, 몹쓸 내 남편 때문이지요. 그나저나 당신의 그 개 같은 수작을 또다시 들으니, 내 피가 지금 솟구칠 지경이야. 당신이 감히 날 심심풀이 땅콩으로 생각해? 너 같은 놈을 상대해주니까 니 주변 미친년들이랑 동급으로 날 취급해? 에라이 퉤, 에라이 퉤, 널 알았다는 것만으로도 쥐구멍에라도 숨고 싶다. 다시는 내게 만나자는 말도, 문자도 하지 마.

그래 참 고마워, 그걸 눈물겹게 일깨줘 주시다니. 그나저나 당신이 그리 말하면 너무 서운하잖아. 우리 마지막으로 옛 추억이 서린 갈대밭가에서 얼굴이나 한번 보자고. 한번 보면, 백번 보고 싶은 내 마음 모르세요. 내 어찌 당신이라는 사람을 세월 속에 무심히 흘러가도록 내버려 둘 수 있겠어요. 당신

만나면 살 속 핏속 가득 당신 걸 채워 넣고 싶은 줄 알면서 왜 그리 말합니까? 아, 그래도 마지막 이별의 흔적을 지상 위에 남기는 것도 괜찮은 사랑법이야. 여보, 당신만을 사랑해 요. 내 곁엔 오직 당신만 있으면 돼. 돈 따위는 아무것도 아니라 고요. 당신은 웅혼한 수컷의 기상으로 살아 있으면 되요. 그런데 지금 갑자기 울음이 쏟아지네요. 조금만 더 기다려 줘요. 더 이상 가만히 좋아할 수 없어요. 무작정 당신만을 사랑하는 것 아니죠. 내 마음을 언제쯤 헤아려 줄 거예요? 사랑해! 죽도록 영원히 당신만을 사랑할 거예요. 아아, 떠날 때 매몰차게 떠나지 못하더니 내 육신에 달라붙은 모진 인연의 사슬, 만약 당신 마음도 그 뒤태처럼 옴팡졌다면 나 또한 당신만을 인간적으로 사랑했을 것을, 아아.

일산 호수공원에서 마주친 그녀

그녀는 그때 알록 보조개를 지니고 있었다.
해 저문 일산 장항동 호수공원 트랙 위로
긴 머리칼의 그녀가 종마처럼 뛰어간다.
달맞이섬 너머 물수제비떠 흘러가듯
통통한 엉덩이가 마구마구 씰룩거렸다.
거친 숨 몰아쉬며 그는 애문 가슴만 탓했다.
속절없이 삼 겹의 뱃구레를 만지작거리다가
배롱나무 꽃그늘 아래 잠시 체머리 흔들었다.
애꿎은 담배를 몇 번이고 다시금 꼬나물었다.
그 까짓것 내일 비록 삼수갑산에 들망정
저 여자와 밥이라도 한 끼 같이 먹었으면.
그녀 눈매는 괴불나무 열매처럼 불그죽죽했다.
로즈마리 향기가 전망동산 언덕께로 번져갔다.
몇 번이고 그 둔덕에 큰절을 다짐했던 그였다.
느닷없이 월파정 연분홍 수련들이 몸살을 앓았다.

이카로스의 비망록

후려치는 빗방울아 이 한밤 날더러 어쩌란 말이냐. 살아있다는 건 용서한다는 것 아아 그러던 네가 사월 광장의 만장(輓章)처럼 일어서서 날 켜켜이 바라만 볼 때 왜 너에게 차마 다가설 수 없다는 말을 그때 하지 못했나. 온몸 가득 하얗게 배코 친 여의도 윤중로 벚꽃들 그늘 아래 발정 난 태양은 뉘엿뉘엿 꼬리를 감추고, 어스름 속에 붉은 노을이 울음 토할 때 술시에 둥지를 튼 너는 자시가 시작될 즈음에 한 마리 딱따구리가 되어 저 혼자서 야밤을 쪼아대고 있었다. 모든 게 그 봄날의 빗소리 때문이었던가. 따지고 보면 네 여성관은 모든 여자는 창녀 아니면 작부라는 것에 방점을 찍고 있었다.

아뿔싸, 모든 그리움은 폭력이다. 폭력은 끝내 선과 악을 낳는다. 아니 마른하늘에 내던지는 희미한 옛사랑의 미소를 낳거나 잔잔한 바다를 꼿꼿이 일으켜 세우는 파도의 갈퀴 같은 거라면 오죽 반가우랴. 사랑이 마치 전쟁처럼 몰려왔던가 너는 발정 난 타액 같은 외침으로 아무런 선전포고도 없이 애문 뒤통수만 세차게 후려칠 그 순간을 꼬나보고 있었을 거다. 은혜를 입은 자는 잊지 말아야 하고, 베푼 자는 기억하지 말아야 한다고 누가 말했던가. 산산조각 난 어둠 속에서도 불타던 내 심장은 못내 평안을 꿈꾸었나. 그때 난 무등산 자락 서석대처럼 서 있고 싶었을까. 나 또한 그처럼 병풍 치고 싶었어. 너무 오래 이 지상 위에 말뚝 박고 서 있는지도 몰라. 허리띠에 내 목을 조이고 싶던 날이 그날 밤이었어. 적막 가득한 공간에 휘저어대던 욕망의 희비쌍곡선을 난 지금도 인정할 수 없어, 왜냐고? 그건 전적으로 매우 낯선 상처의 흔적이었어.

낮술은 어미아비도 모른다고 했지만 때는 바야흐로 술시를 지나 자시였어. 벌건 숯불에 적셔지던 압박붕대들과 자욱한 피비린내는 진실을 발설하기도 전에 거짓을 낳고, 망각은 다시 진실을 순산했어. 모든 게 춘사월의 미욱함 때문이었을까. 그러므로 불가항력적 순간 때문이었다고, 아무런 기억도 남아 있지 않다고 아무렇게나 말해도 좋을 그날이 바로 오늘인 것이다. 따지고 보면 이보다 더한 정신적 밑바닥서 요란 떤 바 있고, 혹은 징그러운 육체의 파편을 기억하고 있으니, 이젠

됐네요, 라고 너에게 인사동 독보권을 안겨줘야 마땅하나. 서울이라는 곳에 살면서 다복솔 그림자만을 찾고 싶었던 너는 술시에서 시작해 자시가 끝날 무렵까지 너무 오랫동안 한 여자만을 꼬나보고만 있었다. 비록 망가진 속창일망정 산다는 건 취한다는 것, 또한 취한다는 건 네 우울의 그늘에 아무라도 끌어댈 수 있다는 것. 이 밤이 지나면 너는 또 누구의 상처를 빌미 삼아 형광불빛 흐린 골목 속에서 피의 영혼을 갈무리할 것인가.

나 지금부터 무엇을 시작해야 정녕 옳은 것인가. 이게 분명 너와 나의 질긴 인연의 종착역이 아니라면 난 너에게 어떤 비망록을 남겨야 널 용서할 수 있겠나. 네 부끄러운 손아귀 아래 혼절한 사월의 육체는 어디로 떠나갔나. 생각이 적을수록 더 많이 지껄인다고 그 누가 말씀했나. 아무럼 이게 끝은 아니야, 끝의 시작도 아니야, 아마 시작의 끝일 게 분명하다고. 나에게 더 이상 보고 싶다는 말을 건네지 말아다오. 나는 지금 너로 인해 부서져 가고 있다고 차마 말하지 않겠다. 그날 선유도에서 내가 키운 파도의 흰 갈기처럼 성난 개펄 가에서 나 홀로 내팽개칠 수 없다. 네가 바위취처럼 허위단심 나부낀다 해도 그건 다름 아닌 너와의 질긴 인연에 대한 부활의 날갯짓 때문이었다고 언젠가 무심히 말할 때가 올 것인가. 술시를 지나 자시가 끝나갈 즈음 비로소 네 채찍 아래 하나의 꽃잎으로 존재하고 싶은 내 영혼은 오늘 분명 죽지 않고, 내일 너에게 반드시 찾아갈 것이다.

깡소주 낯빛 같은 날들에게

깡소주 낯빛 같은 날들아, 이제 그만 속삭여다오. 쑥물 든 손톱 같은 네 얼굴이 무슨 일로 또다시 날 쏘아보는가. 우중충한 낯빛으로 잠시 날 훑어보다가 툭툭, 어깨를 치며 내 사랑은 이제 꺼져도 싸다고 넌 말했었지. 그런 너에게 환장할 피가 다시 솟구쳐 술맛이 그리 새콤달콤하였더냐.

그날따라 까칠한 이마 위로 가냘프게 파도치던 잔주름은 누런에 처한 생을 한껏 발산 중이었어. 기차는 일곱 시에 떠날 거라는 노래에 흠뻑 젖어 있을 때 깡소주 낯빛 같은 날들아, 이제 그만 속삭여다오. 한 여자가 칼칼하게 웃다가 이내 끼룩끼룩 젖어들고 있어. 그 울음이 진정 나 때문이라고? 차마 믿을 수 없어. 네가 버리고 떠난 사랑이 날 그리 만들었어.

여보시오, 당신이 단 한번이라도 고운 눈매로 날 바라본 적 있나. 봄비처럼 파릇파릇한 젖가슴 말고 알록달록한 하반신을 한번 보여줘 봐. 아니야, 됐어, 됐다고. 넌 진드기처럼 아주 끈질겨, 내가 아주 질렸어. 더 이상 내게 엉겨 붙지 말아줘!

뭐라고? 차라리 배암딸기처럼 달콤한 년이었다고 말해달라고? 에이, 지지리도 못난 세월아 너에게 조건 없이 퍼준 내 사랑이 서글프도다. 그동안 보여준 게 사랑이었다고? 사내대장부라면 좀 더 큰 것을 갖고 논해야지, 자질구레한 사랑 따위에 한 목숨을 건 거야? 그건 너무나 낯선 풍경일 뿐이야.

내 영혼의 요람 같은 시절아, ㅋㅋ 날 짓이겨 줘. 카카카 창공을 찌르던 한바탕 웃음만을 기억해줘. 그래도 못 버릴 애달픈 생존의 끄나풀은 그날 밤 호숫가 벤치에서 당신과 나눈 길고 긴 밤의 정사情事 때문이었다고 말해줘. 깡소주 낯빛 같은 날들아, 제발 이제 그만 속삭여다오.

끌림 혹은 꼴림에 대하여

그날의 일진은 동쪽에서 귀인이 나타난다고 했다.
열다섯 시간의 일탈을 꿈꾸며 오늘은 기꺼이
자아를 내던져 버리겠다는 문자메시지 끝에
그녀는 다짜고짜 한번 만나자고 청해 왔다.
동뜬 가슴으로 그는 호수공원으로 달려갔다.
월파정에서 바라본 희디흰 그녀 목덜미와
노란 빽바지 차림의 롱다리가 아뜩했다.
명치끝을 지그시 누르며 그는 한마디 했다.
내 사랑이란 저 호수공원처럼 잔잔치 않고,
인천 앞바다의 밀물 혹은 썰물 같은 거요.
그러자 그녀는 사랑이란 억누를 수 없는
목마름일 따름이라고 눙치듯 화답했다.
그런 다음 그들은 2인용 자전거를 타고
바람 속으로 힘차게 페달을 밟아댔다.
불혹을 넘어선 그의 하반신이 팍팍했다.
그때 그는 시알리스 한 알을 생각했다.
잠시 호숫가 목책으로 다가선 두 사람은

한참 동안 물푸레나무를 응시하고 있었다.
이윽고 그녀는 눈꺼풀을 한번 씀뻑이더니
아이, 참, 배고파! 라고 한마디 툭 던졌다.
배고픈 호랑이는 원님도 못 알아보죠.
어디 가서 요기나 합시다, 그들은
신속하게 일산 라페스타 거리로 들어섰다.
저 여잔 오늘 밤 치명적인 독일 거야.
복어 요리로 미리 그 독을 풀어줘야 해.
두당 칠만 원짜리 풀코스를 주문한 사내는
사랑이란 서로의 몸을 끌어안는 게 아니라,
한 여자와 한 남자 사이의 그 무엇을 찾는
틈새 찾기 아닌가요? 하며 변죽을 울려댔다.
헌데 당신은 지금 내 영혼을 가리는 베일 같소,
그가 같잖은 흰소리로 그녀 심사를 떠보았다.
남자의 몸이 쌜긋거리는 것을 눈치챈 그녀는
내 사랑은 그저 아무것도 바라는 게 없이
다만 사랑 그 자체를 채우는 거라고 외쳤다.

단단한 그녀 허벅지에서 터져 나온 절규.
당신이 날 위해 무얼 해야 한다는 편견은 없소.
있는 그대로 당신 모습을 발견하고 싶을 뿐
정발산 드렁칡처럼 얽혀진들 어쩌겠소.
소주에 맥주를 섞어 친 폭탄주가 몇 차례 오갔다.
그들은 이냥저냥 무너지자고 다짐하고 있었을까.
쌍긋 미소를 날린 그는 어느새 일산콜을 호출했다.
머라이어 캐리의 My All이 울려 퍼지고 있었다.

그러나 나는 지금 살아있지 않은가

한때 역사의 혼을 의탁해 이 세상을 살아가려 했다
일천구백팔십 년 그 푸르렀던 5월 하늘 아래
널브러진 핏빛 구렁 속에 함께 하지 못했던 나
오직 그 죄 닦음 때문에 내 시 속에 존재하던
신神이 사라져 버렸다 부모형제의 간절함마저 훨훨 떨치고
나에게 꿈이 있다면 오월의 청춘께로 짓이겨지는 거였다
오 어리석음이여, 쥐뿔도 없이 한세상을 이만큼 살다니
하지만 이 세상이 저리 만만찮다는 걸 조석朝夕으로
일깨워주는 단 하나의 신이 내게 아직 살아 있었다.

아주 가까이서 나는 오늘 그 신을 바라다보았다
촛불 같은 내 눈동자는 가뭇없이 흔들거렸고
달빛 같은 그대 살 냄새는 동트도록 반짝거렸다
네 살 속 깊숙이 묻어둔 쓰라린 영혼의 한 토막
파도야 이 한밤 너는 어디로 떠나가려 하느냐
나는 빛살을 뿜어내지 못하는 고장 난 등대
창백한 네 푸른 눈동자를 못 잊는 수평선 너머

꺼져버린 한 줄기 불빛처럼 길 잃은 심장 하나가
통곡소리처럼 달려와 다시금 아침을 불러 세웠다.

저 눈보라 속에 이미 내쳤어야 할 그리움을 입때껏
간직한 자는 형벌의 술 백 잔을 밤마다 들이켰다
인사동 거리에는 내 주름진 살과 뼈들이 부딪친다
점프하듯 허공 속 술잔을 부여잡고 한동안 흐느꼈다
그때마다 그녀 목소리가 내 얼굴과 뱃구레를 응시했다
내 목청은 지워졌고 십자가 불빛처럼 또렷하던 그녀
청계천 담벼락 '정조대왕능행반차도' 속 암말과 수말들이
튀어나와 깃발을 흔들었다 섬돌가 이끼 때처럼 눌러 붙은
한 영혼이 새치름한 눈빛으로 원추리를 바라본다.
때론 텅 비었다가 이내 꽉 찬 숨결로 귓불을 어루만졌다.

아, 당신 몸속엔 발길질에도 미동치 않는 호수가 있다
메뚜기처럼 튀어 오르는 발목을 붙잡는 마력의 우물
한 떨기 꽃창포처럼 그 우물 속에서 난 잠들지 못했다

취하지 않고선 당신 살 속으로 하강할 수 없다는
외마디 하소연 속엔 노루 뼈처럼 단단한 슬픔이
묻어 있다 낯선 세월의 머리채를 부여잡고 취생醉生과
각생覺生의 허공 속으로 내지르던 가멸찬 목소리
오늘 난 너로 인하여 한 생을 건너가는 법을 배웠다
마침내 영생하는 한 그루 불멸의 신을 발견했다
내 인생의 굴레와 속박을 해방시킬 마법의 언어
그녀 두 눈이 내 낮과 밤을 똑똑히 기록할 것이다
형광불빛 실루엣이 그녀 등짝을 오롯이 훔쳐본다
때마침 몽롱한 혓바닥이 심장을 향해 소리쳤다
내가 지금 무엇을 이다지도 두려워한단 말인가
그러나 나는 지금 이 세상 속에 살아있지 않은가?

제3부

저 멀리 유배당한 시간들

순천 와온에 와서

순천 와온마을 야트막한 산언덕에 올라
다시는 너로 인해 무너지지 않겠노라며
얼마나 다짐하며 속울음 삼켰던가.
시린 바람결에 솔잎은 저물도록 흩날렸고
새하얀 숫눈송이는 천지간 아래 꽃잎 지듯
달려와 사금파리처럼 반짝거리고 있었다.
황량하던 농갓집 햇살과 더불어 온종일
나부대며 쏘다닐 때 썰물 져 가던 먼 바다
한 목숨이 왜 이리 길어야 하는지 생각했다.
세월 속에도 늙지 않으려 발버둥친 그녀와
고향 땅 장형長兄의 아주 낯선 행보에 대하여
차마 가슴으로, 가슴으로는 용서키로 했다.

새붉은 노을 아래 처박혀 있던 거룻배 몇 척
바다를 품지 못한 육신은 저리도 허허로웠다.
그날 첫입은 못 견디도록 야문 맛이었다가
나중은 종마種馬처럼 날뛰던 기억들만 생생했다.

늑골 속으로 아사삭대던 살과 피들이여.
이젠 나에겐 돌봐야 할 식구들이 없도다.
썰렁한 빈 방, 또다시 줄담배를 꼬나물었다.
그래도 한때는 달곰삼삼했던 날들도 있었다.
야무진 수컷처럼 못내 성글어지던 그였다.
한입 가득 안기던 알싸한 총각김치 같은 날들은
어디로 떠나갔기에 이젠 기억에도 없다.
육통 구멍에 들숨 하나 모셔 살기 힘들어
그날 또다시 찾아간 와온 바다 위로
곰삭은 뼛가루만 말없이 넘실대고 있었다.

어느 지천명의 비가悲歌

　때때로 내 입술을 무심코 적시던 그 한마디였다. 오십 줄 다 되도록 이만큼 버텨 왔다면 한세상 용케도 잘 살아왔다는 그 말씀. 세상이 온종일 아우성치는데 메마른 땅에서 샘물을 파듯 너는 오늘도 한 뿌리 시詩를 찾아 헤매고 있나. 그날 이후로 부엉이바위가 뭇 사람들 넋 속에서 혼불을 켜며 무참히 울었다. 잘 가시오, 내 사람! 죽음의 호명 앞에 순결해지던 영혼들이 오월 들녘 길에 널브러져 있을 때 사람 운명을 허투루 취급한 것들과 단 한 번이라도 맞짱 뜨며 살지 못한 내가 미웠을 뿐. 그 육신이 소멸된 삶이란 말짱 헛것 같은 이승이었다고 말하지 않겠다. 태양은 이제 여강 갈대밭을 품지 못한다. 밤새 부르짖음인 채 유년의 강줄기는 적나라하게 까발려진다. 목련 꽃망울은 사월이 와도 눈 뜨지 못한 채 탱자처럼 웅크리고 있었다. 참으로 지루하고 막막한 날들이 시작될 때쯤 명자꽃처럼 붉게 타오르던 노을. 다시는 바라볼 수 없을 그 강 언덕이 굽이굽이 서러웠다. 이제 그 누구도 당신을 사랑한다는 말을 차마 입에 담지 못할 거다.

북악산 청운대 백목련 위 이슬처럼 눈물짓던 사람들은 어디로 갔나. 너로 인해 산수유가 흐드러졌고, 조팝나무가 새하얗게 눈 부릅뜬 날들이었다. 도톰한 그 입술을 향해 달려가던 한 줄기 청량한 바람의 침몰. 내 튼실한 뼈마디에 처박히던 허전한 말씀들의 우중충한 낯빛. 침대 끝 모서리에 외로이 놓인 허망한 눈빛. 그날 날 내치시고 떠난 그 뒷모습이 사랑의 증표였다고 감히 말할 수 없으리. 오늘 밤 당신을 붙잡지 못한 내가 이리 야속하도다. 내 곁을 떠난 고운 살결은 휘날리는 눈발 어느메서 떠돌고 있을까. 근거지를 빼앗긴 자가 지금껏 살아 있다는 건 저 벌판에 내버려야 할 그리움을 아직도 간직하고 있기 때문인가.

당치 않는 시절이 몇 개월째 까무러친다. 지천명의 나는 때론 눈을 들어 광막한 밤의 질주를 바라본다. 그러나 당신이 사라진 세월들만 왁자지껄했다. 그맘때쯤 쓸쓸한 한 떨기 싸락눈이 내 영혼의 정수리 위로 툭, 하고 떨어졌다. 금강산 구룡폭포를 더 이상 찾아갈 수도 없었다. 그래, 몇 생을 더 닦아야

나 또한 금강의 물이 되려네. 천안함이 느닷없이 두 동강 났고, 생때같은 목숨들이 수장되었건만 이 나라 최고통수권자는 건재를 과시하며 오히려 큰소리를 쳐댄다. 좌파는 눈물 글썽한 우파를 껴안고, 우파는 뇌졸중에 처한 김정일 국방위원장의 동태를 주시했다. 이 호래자식들아, 분단된 민족의 비극을 볼모삼아 이리 우롱해도 되는 거야! 밤새도록 그는 통곡을 안주삼아 술을 켰다. 알콜 도수 사십 도짜리 불멸의 적막산천이 꺼윽꺼윽 울고 있었다. 강바닥 깊숙이 처박힌 4대강 포클레인들은 그날 밤도 돌진을 거듭하고 있었다.

촛불님과 조중동^{朝中東}

백만 송이 촛불님들이 소리도 없이 사라졌다.
한바탕 물대포에도 꿈쩍 않던 모진 함성들이
청동 울음이 되어 어디로 실종되었는지
난 아직 잘 모른다, 그러나 분명한 사실은
조중동이 자기 몸뚱이를, 그 신문지를 붙잡고
죽기 아니면 살기로 연일 까무러쳤다는 것.
신문지가 일찍이 저렇듯 친정부적으로
목 놓아 쏟아낸 시일야방성대곡^{是日也放聲大哭}을
여태껏 난 본 적이 없다, 솔직히 말하자면
밤의 대통령께서 낮의 대통령의 안부를
무척이나 걱정하고 계셨던 것이다.

벼락 오바마가 미국 대통령에 당선되던 날
나는 이명박이라는 함자를 속으로 뇌까렸다.
그 누구는 쥐박이라고 자꾸만 놀려대는데
난 그럴 수 없었다, 그래도 일국의 대통령인데
존경의 염^念은 없더라도 그리 멸시할 수 없었다.

허나 그가 대한민국 대통령직을 잘 수행하는지,
헌법을 제법 잘 준수하고 있는지 알 수 없었다.
대통령으로서 국민의 행복추구권에 힘쓰는지
감이 잡히지 않았다, 물론 안국동 헌법재판소가
썩었다고, 직무태만이라고 단정할 수도 없었다.
그런데 어느 날 나도 모르게 헛말이 튀어 나왔다.
에이, 저토록 서정성 없는 얼굴을 쳐다보며
숨죽인 채 쫄쫄 굶으며 살아가야 하다니,
참 웃기도록 대단한 태평성대여! 투옥된 시인이
단 한 명도 없는 때가 지금이잖아. 젠장 견뎌 봐!

촛불님들이 사그라지던 그때 이후로 본적지를
잃어버린 광화문통 장삼이사들이
핏발 선 눈을 어쩌지 못해 거의 필사적으로
주먹총을 허공에 휘날리고 있을 때쯤
한 나라가 죽고 사는 건 모두 내 탓이라 했다.
그때 대한민국 검찰이 느닷없이 칼자루를 빼들었다.

대한민국이 총검도 아닌 촛불님들 때문에
국가공권력과 헌정질서가 뒤죽박죽되었다고
조중동과 한나라당이 작당하듯 몰아붙이자
얼씨구나 검찰이 촛불 세력을 일제히 잡아들였다.

촛불님들이 사라져간 그즈음 어느 날
나는 일산 장항동의 홈플러스로 갔다.
그곳에서 우연히 미국산 쇠고기를 처음 봤다.
촛불집회서 수없이 듣던 그 미국 쇠고기였다.
국산 돼지고기보다 훨씬 더 헐값이었다.
이러니 안 먹을 수 있겠나, 한우가 너무 비싸잖아.
스스로를 변명하며 힐끔거리다 미국산 스테이크를
슬그머니 사 왔다. 그래, 삼수갑산에 갈망정
내가 한번 시범삼아 먹어보자고 다짐했다.
그날 오피스텔로 되돌아온 나는 허겁지겁
미국 쇠고기를 먹었지만 영 께름칙했다.
허나 다음날 아침, 이 세상은 아무 일 없었다.

며칠 후 삼청공원에서 옥잠화 흰 미소를 보았다.
북악산 아래 똬리 튼 청와대를 한참 동안 바라봤다.
어이 명박이 당신, 정말이지 꼭 그렇게 살 거요?
수많은 문인들이 지금 날품팔이 호구지책인데
당신만 거기서 혼자 잘 먹고 잘살면 무슨 재민겨?
우린 어떡하라고! 씨부럴것, 우린 어떡하란 말이여.
그날 밤 그는 꿈속에서 머슴처럼 이를 갈았다.
촛불님아, 아 촛불님아, 넌 지금 어디에 있는가.

그해 유월

1

바야흐로 서른 살 된 봄날이었다. 벗들이여, 어디에 있나. 손목마다 엉켜 붙은 서슬 퍼런 생채기 어쩌지 못해 새벽안개 속으로 떠나가더니 영영 되돌아올 줄 왜 모르나. 봄꽃은 어디서나 속절없이 눈물로 콧물로 피었다 지고, 악머구리 끓듯 찾아온 세월은 남김없이 네 것 내 것이었다. 그럴 수 없다고 발버둥친 나날들, 등덜미 식은 땀방울이야 거무칙칙하게 여문 5공共 때문일망정 우리는 가랑이 밑 방울소리 울리도록 살았건만 하루가 이다지도 힘겨운 건 어찌 우리 게을러서였던가. 이빨 앙다물며 두 주먹 꼬나 쥔 채 어떻게든 살아보자는 말, 그 하소연소리 우린 아직 잊지 못한다. 가는 세월 붙잡을 수 없었고, 오는 세상 가당치 않을망정 그해 오월 하늘 치어다보며 옷깃 여미던 우리였다.

2

잡녀리 새끼들아 잡녀리 새끼들아, 푸르렀던 5월 광장에 번뜩이는 칼날로 피바다를 거닐던 5공비리 잡녀리들아. 어디

116

로 갔나 그 사람들, 철사줄에 꽁꽁 묶여 쓰레기차에 내팽개쳐져 어느 땅거죽에 소리 소문 없이 파묻혀 갔나. 아, 젊디나 젊은 이 나라 혼불들아 넋이야 지금도 살아 구만리장천에 외로이 저 혼자서 떠도느냐. 내 누이들과 내 어미와 더불어 생피꽃으로 화들짝 피어나 삼천리 골골마다 그대 아직 숨 쉬고 있어라. 황사바람 날아와 가녀린 몸뚱이 반짝일 때마다 망월동 3묘역 솔잎들마저 눈 치떠 반겨댔어라. 마침내 억장 가슴 뜀뛰듯 살아나 해방의 불꽃으로 우우우 우우우 하나 된 함성으로 휘달려가는 유월 광장의 젊은 벗들이 거리마다 온통 넘쳐 났어라.

3

그날 공덕동 굴다리 위 철둑길 위에서 보았다. 모진 자갈 숲 꿰뚫고자 이리저리 몸부림치는 들꽃송이들, 그렁그렁 살아 숨 쉬고 있었다. 눈매 초롱초롱한 그 몸짓들 보면 꽃가슴보다 더 싱그러운 상여꽃 울음소리 흩날려 쌓였다. 잊을 수 없다, 봄날 구릿빛 살결이야 네 눈망울인 줄 알겠다. 지울 수 없다,

아수라 세상 속에서 자유여! 라고 말하던 간절한 네 목소리. 그래 좆찌리 강산에 필리리 필리리 새봄이 왔다고 어디 한번 눙쳐 봐라, 아랫도리 살살 흔들며 골백번 악수나 청해봐라. 세종로 1번지 그 청기와집에 퍼질러 앉아 헛웃음깨나 지어 보라고. 최루탄, 지랄탄, 물대포에 쫓겨 잠시나마 흩어질지라도 젊은 벗들은 그날도 연세대 백양로 지나 신촌로터리, 을지로와 시청 앞, 서울역과 미도파 그리고 명동성당 일대에서 불끈불끈 용솟음치고 있었다. 민중이 주인 되는 당찬 세상 만들려고 꽃불처럼 활활활 활활활 불타올랐다. 삼천리 골골마다 시퍼렇게 운집한 민초들과 저 유월광장에 떼거리로 쏟아져 나온 넥타이부대들도 그때 모두가 한 몸이 되었어라.

4

우린 두 번 다시 흩어지지 않을 것이다, 한반도는 지금 동아줄로 묶인 하나 된 가슴들이 유월 거리를 점령하였다. 빛고을 광장에서 발진된 꽃새벽이 피어나 온갖 쭉정이들이 꽁무니 쳤다. 마침내 이 산하, 삼천리가 곧추서리라. 서른 살

된 봄날에 야산 들녘과 포도 위 단단한 돌멩이들이 혼불이 일듯 천지를 들쑤셔대며 송송송 춤을 춘다. 진달래 흐드러진 한반도 산하에 석유 먹은 꽃불들이 훨훨훨 나부끼며 나남 없이 휘달려가고 있어라. 서로를 얼싸안으며 관솔불인 듯 대북 소리인 듯 징징징 울려 퍼지고 있어라. 5공 판갈이 싸움에 떨쳐나선 맨몸뚱이 주먹총들이 우르르 우르르 발 구르며 저 거리에 두려움 없이 휘달리고 있어라.

5

남녘 산천 어디서나 불바람 생생 휘몰아쳐 달려오누나. 저 거리에 나서면 뼈마디 좀이 쑤시듯 욱신거려 어허, 가만히 어깨 조아리며 웅크려 있지 못하겠다. 불바람 타서 휘휘호호 휘파람 불며 달려간다. 때마침 수백수천 수만 수십만, 수백만 발자국들이 앞서거니 뒤서거니 서로 뒤질세라 발버둥 치며 갑돌이, 갑순이와 함께 형님, 동생, 아저씨, 아줌마들이 나남 없이 스크럼 짜며 모난 돌멩이를 한 움큼씩 움켜쥐고서 거리마다 맨몸뚱이로 넘쳐날 때 외마디 소리 끝에 벼랑 아래로 곤두박질 치던 5공비리 전노^{全盧} 일당들의 저 최후의 발악들.

6

여보게들 내 손 놓지 말고, 저기 두 눈 치뜬 사람들 좀 봐. 피어린 항쟁의 거리마다 싱그러운 깃발들이 넘쳐흘러서 유월의 꽃넋들 필사적으로 꿈틀거리잖아. 지랄발광하는 지랄탄이든 총유탄이든 물대포든 꿰뚫고서 두려움 없이 가고 또 가는, 저 불바람 좀 쳐다보라구. 칼칼한 유월의 외침으로 뺑소니치며 사라져가는 잡녀리들아. 삼천리 골골마다 불바람 휘몰아쳐 살과 뼈들이 출렁이고, 거리엔 참꽃들만 아우성치듯 피어났어라. 여보게들 저것들 좀 봐. 들불처럼 관솔불처럼 천지의 어둠 죄다 살라먹는 저 함성들을 쳐다보라구. 우라질 것, 우리도 한판 놀아보자구, 송두리째 갈아엎자구. 뒤엎어, 우리 손으로 뭔가를 새롭게 한번 만들어 보자구, 정말!

인사동 봄날에 관하여 1

이대로 무너질 수 없다는 그 맹세가 어디로 갔는지 더 이상 네게 설명할 수 없다. 이 가슴에 눌러 붙은 옥빛 목소리가 분명 외침으로 되살아날 때가 온다. 당신도 이제 사람처럼 한번 살아보라는 말씀에 난 고개 들어 해묵은 변명만 토해냈을 뿐인가. 동가숙東家宿, 서가식西家食, 남가좌南家坐, 북가와北家臥 등등 단독 프로덕션의 하루가 또다시 저물어갔다. 그즈음 너무 쉽게 내뱉은 말은 여직도 사랑할 그 무엇이 남았다는 것과 당신을 위해서라면 내 살과 뼈를 저잣거리에 내던질 수도 있다는 허언 따위였다. 혹은 지상 위에 그대 언덕을 세워 주겠다던 흰소리로 밤새껏 널 붙잡으려고 무던히도 애썼다.

그날도 봄날의 시구문 밖에서 놀다가 몇몇 시인들과 함께 종로 인사동으로 달려갔다. 그러다가 우연히 한 사내를 보았다. <詩人>으로 개명되기 이전 그 집 옥호屋號의 원작자였고, 시집 『가만히 좋아하는』으로 어느 날 문단의 기린아로 우뚝 선 김사인 형을 만난 것이다. 짧은 악수 끝에 지금 어디로 행차하시오? 하니, 음, 여옥이네 가려고, 여긴 어쩐 일? 한다. 잔주름

쫙 퍼지도록 환한 미소가 저리 여전할까, 하고 잠시 생각했다. 땡초 스님 한 분과 한잔하려는데, 어쩔 겨? 고맙게도 그가 인사치례를 한다. 어엿한 대학교수인 그도 이젠 적잖은 연봉거사年俸居士일 텐데 20년도 족히 넘은 꾀죄죄한 그 똥가방을 여태껏 둘러메고 있었다. 노해문勞解文 사건으로 수배 중일 때 메고 다니던 헌 많은 그 가죽가방이었다.

58년 견생犬生들이 빗줄기 속에서 스멀대다가 한적한 인사동 골목 끝자락으로 들어선다. 참꼬막에 카스가 한 순배씩 돌자 입심 좋은 사내가 신경질적으로 토해낸다. 야, 우린 너무 한심해, 이 봄날에 애인 하나 없다니 이게 정말 말이 되는 소리야! … 뭐, 그까짓 걸로 그래? 넌 지금, 처자식 꿰차고 잘살고 있잖아. 아내와 몇 년째 별거 중인 사내가 못마땅한 듯 쏘아붙이자 한 사내가 좌중을 한번 훑더니 한마디 했다. 거, 봄밤인데 우리 오늘 왕창 먹어불고 죽자. 어제 죽은 놈만 서러워. 이왕이면 발렌타인에 맥주 폭탄으로 한번 조져 보자 으응? 어야, 제조책 뭐 하신가, 한다.

봄 가뭄에 싱그러운 봇물 쏟아지듯 폭탄주들이 제가끔 내장 속으로 타이타닉 호처럼 침몰돼 갔다. 오빠 보고 싶어, 지금 어디 있는 거냐? 빨리 연락 좀 줘. 그 사내는 옛 여자가 보내온 문자메시지를 연신 지워대고 있었다. 허허, 오늘 일진 참, 좋네. 사랑은 한번 가면 영영 돌아오지 않는 강이라고 분명 말해주었 건만, 아직도 내게 못다 쏟은 땀방울이 남았다는 수작인 게야. 아무렴, 저 거리에 남겨둔 육신의 흔적마저 없었다면 당신과 나 사이에 무엇이 기억될 것인가. 인사동 봄날이 천방지축으로 다가설 때쯤 머릿속 가득 봄밤의 여자들이 흔들리고 있었다.

인사동 봄날에 관하여 2

그해 봄날 인사동 거리마다 넘쳐나던 사람들은 엑소더스 행렬처럼 매우 황망했다. 한갓진 구들에 편히 누울 수 없는 짐승들이기에 그날 내가 무얼 찾아다녔는지 구태여 묻지 마라. 불란서 파리 센 강변에서 살던 작가 황석영이 2007 대선에 얼룩이 튀더라도 총대를 메겠다고 자청타가 우연히 들른 인사동 <시인> 주점의 부채엔 그가 쓴 시구詩句가 팔랑거린다.

나 없던 / 봄에 / 돌아가보니 / 동자꽃만 오롯이 / 남아 있습니다

그래 산이라 / 강이라 하자. / 돌아갈 때 / 남겨둘 기억 저편

이를 본 어느 중견시인, 우리 황구라 형님이 제법 신파조네. 세계시민을 자처하신 분이 서정은 매우 고답적이야, 하며 촌평했다. 난 그날 밤 광주光州 시절을 한번쯤 환기시키려다가 끝없는 말의 성찬이 가져다 준 허망함과 적막함 사이에서 갑자기 오줌이 마려웠다. 한미FTA가 쳐들어와 택시기사가 분신하던 날이었다. 낡고, 오래된 깃발을 내리자던 나팔수들만 넘쳐날 때 난 무국적 인간 군상들과 함께 뒤섞여 막걸리를 마셔댔다.

나는 세계시민도 아니건만 돌아갈 옛 산과 강은 이미 사라지고 없었다.

청와대 노짱은 진보들에게 거침없이 하이킥을 날렸다. 이때 한나라당 이^{李}, 박^{朴} 두 주자^{走者}는 대선후보 선출방식을 놓고 옥신각신했다. 범여권 후보를 노리고 탈당한 손학규는 시베리아에 서 있는 듯 외롭다고 울먹거렸다. 아 불쌍하도다. 지지도 2% 대에 헤매는 김근태와 정동영이는 어떡해야 하나? 중도^{中道}가 이 시대 아이콘이라는데, 내 아이콘은 뭐란 말이냐.

'민족문학작가회의'가 '민족' 간판을 떼는 문제로 모처럼 시끌벅적했다. 그러다가 육자회담^{六者會談}이 자리를 잡는가 싶더니, 방코델타아시아은행에 볼모 잡힌 조선민주주의인민공화국 김정일 국방위원장의 비자금 딸라가 건울음을 쏟아내고 있었다. 북녘 땅에 보낼 쌀과 기름이 출항을 못한 탓에 창고 보관비만 수십억 원이 공중분해 되었다고 보수언론이 아우성 쳤다. 아무렴 몸피마다 사쿠라꽃이 피고 지는 밤에 만수산

드렁칡처럼 얽혀 살아야지, 민족이면 어떻고 또 아니더라도 그게 또 무슨 대수일까도 싶었다.

소설가 정도상 후배가 민작^{民作} 총회 날, 내게 와 가만히 속삭였다. 형님, 우리가 '민족' 글자 떼어낸다고 수박이 호박 되겠소? 너무 그리 몰아치지 맙시다. 김형수 총장도 생각 좀 해줘야지, 친구 아닙니까? 한다. 그래서 나는 어허, 이 사람아 그 무슨, 뜬금없이 수박타령인가? 저 아우성을 좀 들어봐, 난 그리 못하겠네! 했다. 허나 '민족' 간판 지키려고 총대 메겠다고 나선 건 판단착오였을지도 모른다.

난 누구의 끄나풀도 아니건만 끄나풀로 취급받는다. 그래, 한국문학판이 수박 되든 호박 되든 무슨 상관이랴. 낡고, 오래된 깃발이 모두들 거추장스럽다는데 왜, 나는, 그를 붙잡고 놓지 못하고 있단 말인가. 내가 널 치켜든다고 내 시린 등짝이 따뜻해지겠냐? 누가 와서 내 손에 움켜쥔 이 찌든 깃발을 제발 가져가다오. 민족과 평화 혹은 통일 따위 근수 높은 말은 이제 그만 내게서 차압해다오. 다시금 몰아쳐온 세계적인 바람의 정체 앞에 가녀린 꽃대가리가 흔들릴 때 저 언덕 굽이에서 홀로 나부끼던 넋 쪼가리를 파묻고 싶던 그 밤. 휘황한 네온불빛 아래 서성이는 그림자를 내던지고 나 또한 비사난야非寺蘭若 언덕길 돌멩이 하나로 살아가고 싶었을 뿐이다.

뼛속에서 산꿩이 울던 날

헛헛한 바람이 종로 인사동네거리쯤에 숨차게
휘감아 돌 때 서럽게 태어난 인생이기에
아무런 이유도 없이 칼칼하게 울부짖고 싶었다.
때론 잔설 위로 우짖는 노고지리 한 마리 되어
오백 시시, 천 시시 생맥주에 목울대를 축이다가
때론 스카치블루 향기에 거침없이 찰랑대다가
뼈아픈 적멸의 순간에 뻑뻑하게 사무쳤었다.

때론 가만히 널 한번 바라보다가 혹은 젖은 새처럼
퍼덕거리다가 한번쯤 수말처럼 껍적거리고 싶었어.
초승달빛처럼 신우대 잎새 위로 스며들고 싶었어.
그뿐이었어. 내 존재의 오월꽃 한 송이를 고이
모시고 싶었기에 당신과 함께 구들장에 누울수록
울울창창토록 아린 뼛속에서 산꿩이 울어댔어.
우촌^{雨村}아, 어디로 갈 거나 어디로 가야 하나, 나는.

때론 그대 야박한 지청구 때문에 원망도 많았어.

빗소리에 할랑대는 당신만을 포옹하다가 강변북로
차창가에 어룽지던 미소가 참으로 싱그럽던 밤에
흰 머리칼 위로 휘어감던 못 견딜 저 세월 따위
네 속살 없이 단 하루도 못 살아갈 미련 따위
속절없이 생각타가 외롭고 높고 쓸쓸했던 그날
희미한 그믐달 속에 뒤엉켜 폭죽처럼 울부짖던 날
새벽이 다 오도록 수얼수얼 재잘거렸던 속삭임으로
여태껏 내가 숨 쉰다는 걸 난 지금, 알고 있어.
하, 말하자면 그뿐이었어.
내 뼛속에 산꿩이 마구마구 울어대던 그날이었어.

저 산야마다 눈뜬 강물이

저 산야마다 눈뜬 강물이 언제 적부터
뼈아픈 언약 따위에 저리 몸부림치고 있나.
오늘도 어여쁜 강물님의 숨결을 간직하고자
정든 벗들이 울며불며 소리치며 떠나갔다.
그맘때쯤 난 어느 곳에서 서럽게 펄럭이는
한 줄기 바람결로 너에게 되돌아갈 수 있겠나.
누항에 지친 날들을 꽃다지로 받들고서
갈 곳 몰라 헤매던 여주 강가 백로들처럼
쉐쉐쉐 소리치다가 달님 아래 가늘게 부서지는
뭇 영혼들을 문문히 치어다볼 수 있을 건가.
살아있다면 우리 내일 해 저문 강가에서 만나
피 고운 산죽의 울음으로 산산이 부서져 보자.
그대 살과 몸피를 욱신욱신 뒤흔들고 있는
토건족 낯짝들을 분명코 기억해야 마땅하리.
저 강가 미루나무들이 세차게 뒤흔들리는 건
뿌리 속 흙가슴과 더더욱 한 몸이 되기
위해서라고, 그녀가 그날 내게 속삭였었지.

저 강물이 서럽게 출렁일 때마다
저 바람이 아프게 야합할 때마다
어둠 속에서 누가 날 기다리고 있었다.
점동면 시화총림 앞 파릇했던 도리섬을 못내 그리워하면서
강길 따라 떠나간 그 벗들을 소리쳐 불렀다.

금강산에서 만난 당신께

사람은 때때로 남 몰래 울고 싶을 때가 있는가 보다. 그날 우리는 금강산 관광길에서 남남북녀로 처음 만났지. 금강산을 안내하던 당신과 이런저런 얘기꽃을 피우다가 이제 막 떠나야 할 시각, 인차 금강산에서 다시 또 만나자며 당신은 희디흰 배꽃 미소로 차창 밖에서 오랫동안 손 흔들고 있었지. 그 미소가 오늘따라 새록새록 떠오른다.

이제는 더 이상 찾아갈 수 없는 먼먼 금강산 길 엉망진창으로 구겨진 세월은 악악거리는데, 그냥 한번 서럽게 손 맞잡고 울어버리면 될 것을 왜 이리도 서로들 악다구니하나. 해 저문 철책선 위 남녘 노을은 타오르고 하, 갈대숲 너머 붉은 꽃들이 지상을 적실 때 그대 첫 미소가 이슥토록 넘실대고 있다.

보이는가, 내 핏속에서 마냥 기다림이 된 당신이여. 휴전선 가시철조망 넘어 임진강은 오늘도 울며불며 떠나가는데, 때론 내가 젖은 낙엽으로 나뒹굴었다손 어찌 잊었으랴 그대를. 그 첫 미소를 내 어찌 잊으랴. 미루나무 몇 그루 사람처럼 붙박여

서 있는 그곳, 달빛 젖은 디엠지^{DMZ}에서 우리 이제 만나야
하리. 만나서, 뼈 한 자루로 마냥 서로를 부둥켜 안아보자.

  가슴 빠개지도록 황홀한 저 금강산 사잇길에 누가 어깃장을
놓았나. 넋이야 살아, 발목 지도록 사무친 날들. 당신 그리움을
알기에 내가 끝내 당신을 기억하리다. 저 큰 산 넘어야 하리,
천길 바다 건너야 하리. 새벽이슬 소리에 문득 잠 깨어나 이
가슴에 쌓인 눈물 어루만질 때 당신 첫 미소가 온종일 여울져
왔다.

시월꽃

　처음엔 아주 조그마한 꽃불이었다. 먼먼 식민의 땅속 깊이 처박아둔 울분이 터져 올라 유황불인 듯 관솔불인 듯 솟구쳐 올라 시월 한철을 짜랑짜랑 울려댔다. 쓰라린 가슴들이 한데 모여 달구벌 벌판 속으로 지축을 뒤흔들며 이리 뛰고, 저리 뛰며 떼몰려 갔다. 이놈의 허한 세상 더 이상 못살겠다고 젊은 벗들도 할배 할멈도 부녀자도 몇 살짜리 꼬맹이도 다들 발 구르며 갔어, 달려갔어.

　하늘은 파르댕댕했고 땅거죽엔 흙먼지가 일었어. 쌀이 운다고, 쌀을 달라고, 생명의 알곡을 더 이상 빼앗지 말라고 달구벌 하늘 아래로 나남 없이 휘달려 갔어. 영천과 선산 그리고 예천에서도 칠곡과 왜관, 달성과 고령 땅에서도 김천과 청도, 안동과 상주에서도 그러다가 문경과 봉화 지나 통영의 달빛 아래서도 마침내 충청과 전라, 그 백제 땅으로 들불이 솟구쳐 올라 수천, 수만 송이에서 수백만 꽃불로 오지게 피어났어. 그날 우리는 처음으로 새맑았던 조선 하늘을 쳐다보고 있었어.

잃어버린 꽃불 잔해를 어디서 찾아야 하나. 깊디깊은 골짝에서 새하얀 꽃 이파리들이 울어댄다. 경산 평산동 코발트광산 수직갱도 아래 수백 수천 뼈다귀로 환생한 시월꽃들. 해는 뜨지 않고 초승달은 기울고 사타구니 속을 헤집는 모진 칼바람. 한 떨기 넋 쪼가리마저 사라져 혼자 떠돈 것들아. 달구벌 옛 조상님은, 형제자매와 일가친척은 어디로 갔나. 살가웠던 이웃과 그리운 것들은 죄다 어디서 헤매고 있나. 바람과 새와 강물과 저 세월이 지금 우릴 부르고 있다. 그해 그날 멀리, 저 멀리 자기 땅에서 유배당한 시간들. 저 시월 꽃불이 수백 수천의 묘비명 위로 내리꽂힐 때 부릅뜬 눈망울로 눈먼 하늘을 우러러 보았다.

대추리 들녘

　평택 대추리 들판 속에 스무 살 내 청춘의 아지랑이 꽃들이 산다. 넋이라도 있고 없고 유년의 보릿대춤 속에 흥겨웠던 이 산, 저 들이었다. 윤정모 누님이 어린 솔지와 함께 거닐었던 황새울 평야였다. 전쟁반대 평화수호, 미군기지 확장 결사저지 깃발이 펄럭거렸다. 내 어미의 싱싱한 젖무덤 같은 대추리였다. 내 아비의 헌걸찬 이랴, 소리 같은 대추리였다. 내 누이의 새콤한 봄동 미소였던 대추리였다. 내 형님의 오뉴월 구릿빛 팔뚝처럼 한때는 끗발 좋던 대추리였다. 대추리 들녘길 가로질러 미군기지 철조망 앞에서 우린 꽹과리 소리와 보란 듯이 뒤섞여졌다. 짚불은 타올라 미군 부자지를 살라먹었다. 논배미 속에 처박힌 몇몇 박후기 시인이 자작시를 목청껏 외쳤다. 황새울 둑길 너머 둥둥둥 징소리가 밤새도록 울려 퍼졌다. 그때쯤 벗 이인휘와 정태춘 형과 박은옥 누님이 오래도록 얼싸안았다. 짚불더미마다 대추리 들녘이 한없이 용솟음치고 있었다.

제4부

내 영혼의 레퀴엠

끝끝내 저 깊숙이 오늘까지는
—물봉 김남주 시인에 대한 회상

눈먼 갈매기들이 철책선 위로 삐라처럼 흩날렸다.
홍일선 시인은 소매 끝자락에 눈물을 훔치다가
정박된 포구의 배를 아련히 쳐다보았다.
끼룩끼룩 부딪혀 우는 낡은 배 몇 척
먼저 떠난 자가 산 자들을 추억하고 있다.
외딴섬 너머 흐느끼는 경징이풀 위로
뉘엿뉘엿 노을소리가 검붉게 쓰러진다.
그맘때쯤 뻘밭 구렁을 헤쳐 나온 수백수천의
게 떼들이 옥문을 깨듯 우르르 전진해 왔다.

차마 믿기지 않던 그날의 부음이었다.
어떤 이는 맥주병을 깼고, 누구는 멱살잡이로
죄다 니기미로 미쳐가기 위하여 쑥대머리로
울다가, 웃다가, 흐느끼다가, 모두들 필사적으로
술잔을 들이키던, 고려병원 영안실 풍경
잠시 나는, 망치로 고환을 깨버리고 싶다던
김남주 시인의 병상일기 한 대목을 떠올렸다.

가로막힌 철조망 너머 깡마른 영혼이 산다.
각혈하듯 솟구쳐 내 목덜미를 감싸 안는다.
호랑나비 몇 마리가 암호도 없이 넘나들이하고
연거푸 원샷을 외치던 학민사의 김학민 형과
언제나 사람 좋은 동학사의 유재영 시인과
병실 복도 끝 포르말린 냄새와 반드시 꼭
쾌차하리라던 못 잊힐 그 맹세 따위와
그대가 던져준 나의 칼, 나의 피와
핏빛 선연한 자유의 나무 한 그루

형님들! 그럴 것이 아니라 남주 형, 십팔번
수박등 흐려진 선창가 전봇대에 기대서서 울 적에
고향의 그림자던가, 우리 그 노래나 한번
목 터지도록 한번 불러봅시다, 아암
그려, 한번 불러제끼자고, 이런 젠장칠 세상

그 겨울을 무사히 넘긴다면 선운사 절 마당이나
구경 가자던 그 사람은 이제 내 곁에 없다
허어, 허어, 사람 좋은 웃음만 면상 가득 채우다가
남 몰래 하늘 한 자락 씨익, 우러르던 그였다
마포 아현동 민족문학작가회의 사무실 한쪽 모서리
갑자기 일어서서 전혀 뜻 모를 미소 끝자락에
특유의 입맛을 쩌억, 쩍쩍 다시던 그였다
기래빠시 후배들에겐 천하의 물봉으로 통했지만
저, 개싸가지 없는 호로쌍것들을 향해서는
온몸을 다해 침을 탁, 내뱉던 그 사람이
저기 해남읍 삼산면 봉학리 논두렁 속에서
웃자란 잡초들과 함께 너울대고 있었을 뿐

그래, 더는 한번 생각해 볼 일이다
다시 한 번 그대 눈동자를 바라볼 일이다
무너지며 사랑했던 그 쓰라린 진창을 위하여
천만 송이 눈꽃들이 흰 수의로 펄럭일 때

서울이라 불리던 낯선 타향 땅 떠나 기어이
전남대 오월광장으로 양동시장 거쳐 금남로로
하루 종일 워키토키에 시달리던 상여꽃들아
그러다가 그 밤길에 망월동 신작로 너머
황토빛 눈물 속에서 흔들리다 되살아난
마지막 혼불 하나 저렇듯 넘실대고 있을 때
우린 눈 부릅떠 참담한 이승을 목격해야 했다
살아남은 자들은 그저 묵묵히 살아가겠지만
이렇듯 취한 가슴에 멍빛 눈망울 가득히
그대 큰 사랑을 얻고, 다시금 바람이 불면
저 벼랑 끝에서 불꽃같은 눈물 한 자락을
더 깊숙이 불려야 한다, 끝끝내 오늘까지는

조선 금강송 한 그루
―통일시인 이기형 선생 2주기 추모시

꽃불처럼 활활활 불타오르던 한 영혼을 보았습니다.
천지간 어디서나 은빛 사자의 갈기를 휘날리며
먼 산하를 하염없이 질주하는 바람이었다가
때론 여강 갈대밭 고요한 새벽 시심詩心이었다가
혹은 진창길 어디서나 야무진 차돌멩이 외침으로
동지들과 함께 후생들과 더불어 살던 임은
하수상한 잡가雜歌 같은 시절 속에서
늘 우리들 앞에 꼿꼿이 곧추서고자 했던
새푸른 조선 금강송金剛松 한 그루였습니다.

그날 이후로 나는 보고, 또 보았습니다.
최루탄 쏟아지던 오뉴월 거리 한복판
해맑은 눈동자로 들메끈을 고쳐 매던 임은
분단과 이산과 압제의 산하를 휘달려서
분단조국의 쇠가시 철조망을 뛰어 넘어
통일조국의 종소리가 지축을 울릴 그날까지
차마 늙을 수조차 없는, 더더욱 홉뜬 눈동자

143

바람찬 날에 다가서던 그리운 청산이었다가
어둔 밤하늘의 샛별로 독야청청했습니다.

뉘라서, 어스름 산야를 깨치고 마악 돌아온
청정한 메아리 소리를 차마 잊겠습니까?
갈라진 묵정밭을 꿋꿋이 일구면서
젊은 벗들과 어루얼싸 어깨동무하면서
서슬 푸른 목청으로 잠든 산하를 일깨웠습니다.

함남 함주 땅 드넓은 벌판으로 키워졌던 임
몽양 여운형 선생과 혜화동 로터리를 오갔던 임
혹은 지리산 동백꽃 울음으로 살고 팠던 임
원산 송도원 해당화 붉디붉은 단심丹心이었던 임
자유실천문인협의회와 작가회의의 농성체제였던 임
한국문학평화포럼과 창작21에서 단골이었던 임
저 유월의 명동에서 터져 나온 함성소리였던 임
현저동 독립문 언덕 그 시혼詩魂처럼 오르내리던 임

용인에서 평택으로, 매향리 농섬에서 어느새 대추리로
그리하여 철원 두루미평화관 억새꽃을 껴안던 임
달빛 젖은 창호지를 밤새도록 어루만지던 임
무릇 뼈가 시큰하도록 비루한 세월을 가로질러
남북녘 하늘에 들깻잎 향기로 가득 차오르던 임.

세상 한번 제대로 건사해보겠다고 천지를 향해
마치 단 하룻날인 것처럼 아흔일곱 해 천명의 시간을
맘껏 살다 가신 그분, 아아 뉘라도 못 잊는 사람
한생이 저토록 푸르렀던 여민 이기형 선생님
마침내 정겨운 고향 길 어릴 적 친구들 찾아*
휴전선 상공을 넘고 넘어 신기루처럼 둥둥 떠오르는
함주 땅 건넌산 뽀로지 뿔바위 연분홍 뒷동산으로
앵두나무 언덕에서 여태껏 기다린 어머님 품속으로
뿌리를 찾아, 통일을 찾아 떠나가신 우리들의 임이여.

* '정겨운 고향 길 … 통일을 찾아'까지 5행은 이기형 시인의 시에서 부분 인용.

변산바다에 와서

—박영근 시인에게

그날 파도는 달려와 앓는 소리를 토해냈다.
변산반도 솔섬이 만장輓章처럼 흐느껴 울었다.
방파제 아래 만삭의 파도가
면사포를 뒤집어쓴 채 이내 쓰러졌다.
저물녘 흐느낌 소리 뒤끝이었다.
문득 홍살문처럼 서러워지던 네 낯짝.
저 꽃이 불편하다던 네 말을
그땐 차마 믿지 못하였다.
눈멀고 피맺힌 네 사랑은
곰소 염전창고 막소금처럼 짜고, 개운했다.

애당초 끗발 없던 인생쯤이야
다만 적막강산으로 홀로 남겨져야 했다.
이팔청춘의 흔적처럼 더 살았다손
얼마나 더 오래 버팅길 수 있었을까마는.
귓바퀴 속에 감도는 에잇, 잘 놀다간다는
유언장 위로 어널널 상사뒤, 어여뒤여 상사뒤*

철지난 유행가 가락만 봄날의 소주병에 꽂혀
진달래처럼 환히 취한 얼굴들뿐이었다.

어여 길 떠나도 좋을 한세상이라고 말하마.
뉘라서 저 파도와 당당히 노닐었을까.
어느 날 네 가슴에 피어났을 해당화 한 송이
죽어서야 사랑할 임을 기어이 찾아 나선 너.**
변산반도 속된 노을을 마냥 붙잡고서
못난 그리움만 산허리를 넘고 있었다.

* 박영근 시 「솔아 푸른 솔아」에서 부분 인용.
** 정호승 시 「동박새」에서 부분 인용.

그 사람, 채광석 시인

그를 만나러 가는 길은 시뻘건 황토울음이 자욱했다.
한참을 기다려도 옛 벗은 영영 찾아오지 않고
안면도 적송赤松 송피 위에 맺히던 아련한 이름자
제발 이제 그만 잊고 살아보자고
때론 몇 번이나 홀로 작심했던가.

솔밭 건너 거치른 들녘, 팔당 붕어찜 집 너머
미소 짓던 시절이 또한 우리들에게 있었다.
그 언덕길 황톳물이 발 구르며 덮쳐 온다.
짜식들! 던적스럽게 사기 치지 말라고 해!
당신 외마디는 곰삭은 서산 어리굴젓처럼
혀끝 깊숙이 감돌다가 사라져 갔다.

아현동 마포경찰서 건너 자실自實 사무실
끝없이 써대던 옥중문인 김남주 시인 등과
시국 관련 원고들 혹은 독재타도 호헌철폐!
성명서 따위 마침내 우리들이 5공共을 향해

뿌사리처럼 치받던 그해 1987년 4월 어느 날
전두환을 향해 겁대가리 하나 없이 쏘아붙이던,
'4·13 조치에 대한 문학인 193인의 견해' 따위
아, 그다지도 시원스레 내뱉은 그대 욕지기 아래
스크럼을 짜며 6월 광장으로 휘달려간 청춘들아.

그래 천둥아 한번 쳐라, 벼락아 한번 내리꽂혀라
첨탑도 피뢰침도 없이 우린 적송 아래 퍼질러 앉아
이만큼 견뎌왔다니, 나 참 대견했다고 말하련다.
승언리 꽃지 앞바다서 한사코 넘실대는 사람아
제 몸 티끌 하나 남김없이 저 거리에 쏟아 부으며
온 세상을 물컹물컹 꽉 채우던, 피어린 꽃물결 같은
아 그 사람, 우리들의 영원한 형님, 채광석 시인!

딱 한 잔만 더
—죽형 조태일 시인을 생각하며

말하자면 그는 OB호프, 황금빛 이슬을
그 누구보다 사랑했다, 허나 끝이 없었다.
날이 새도록 도무지 지칠 줄 몰랐다, 어떤 놈은
대여섯 잔쯤에 고꾸라졌고, 또 어떤 놈은 열 잔이면
족히 아작이 났고, 또 어떤 놈은 열 몇 잔 홀짝이다가
고자 처갓집 드나들 듯 측간을 줄기차게 왕래하였고
언놈은 벌써부터 탁자에 앉아 딱따구리가 되었건만
그는 열 잔 스무 잔에도 측간 한번 가지 않고
그저 돌부처처럼 흔들림 없이 꼿꼿하였을 뿐
파리똥 휘갈겨진 후미진 한쪽 벽 모서리에서
성불하려는 듯 잠시도 면벽을 멈추지 않았다.

내가 죽형 조태일 시인을 처음 만나 뵌 때는
바야흐로 박정희 유신정권이 하한선을 향해
곤두박질치던 1979년 그해 초가을이었던가?
서울 중구 오장동 그곳, 삐걱거리는 나무 계단 위
시인사詩人社 사무실서 그는 그야말로

듬직한 무등산 자락으로 우뚝 앉아 있었다.
긴급조치 9호 위반과 박통에 대한 국가모독죄로
징역 2년을 살다온 '겨울공화국' 양성우 시인과 함께
동행하던 바로 그날, 양 시인은 내게 귓속말로
바로 저 사람이 날 시인으로 만들어준
내 두목이라고, 그 별명이 이름자를 줄여
좆털 시인이라고 한마디 했을 뿐
한참 동안 그 좆털 시인은 아무 말씀도 없었다.
그러다가 느닷없이 내 출신성분을 한번 묻더니
"시는 천재들만 쓰는 거여, 무식하면 시인이 못돼!"
촌놈 기죽이려는 듯 세차게 한번 일갈하셨다.

어느 날부터 죽형 선생은 더더욱 과묵해져 있었다.
말하자면 문단 후배들의 말대꾸도 조금 봐주고 있었다.
허나 그는 여전히 호불호好不好를 한마디로 정리했다.
그놈은 건방진 놈이야, 그놈 시 공부 좀 더 해야지!
그놈은 괜찮은 놈이야, 조금만 더 쓰면 되겠어!

요즘 젊은 놈들 시가 형편없어! 그뿐이었다
그러고는 면벽 중인 태안사 노스님처럼 계속해서
황금빛 이슬만을 문문히 바라보고 있을 뿐
가끔씩 천장을 한번 올려다보았을 뿐이다.
이때 어느 후생이 조금은 무료해져서
혹은 처자식 핑계대고 쭈뼛쭈뼛하다가
술값을 내고서 몰래 줄행랑치려고 하면
어느새 그는 퉁방울눈으로 한마디 외치셨다.
너 이놈, 건방지게시리! 당장 돈 도로 넣어랏!
사나운 목청으로 살뜰히 훈계하신 다음,
우리 한 잔만 더 마시자! 한 잔만 더, 딱 한 잔만 더
딱 한 잔씩만 더, 그래 우리 오백씩 딱 한 잔만 더,
이제 정말 이게 마지막이야!
딱 한 잔씩만 더하고 일어서자고 했던가.
하, 돌이켜보면 모질디모진 딱 한 잔이었다.
하, 깨고 나면 온 천지가 낯선 산하였을 뿐
꼬장꼬장한 그 얼굴만 눈앞에서 아른댔을 뿐.

그러던 그 어느 날이었을 것이다.
고향땅 광주에서 문창과 학생들과 함께
여전히 딱 한 잔만 더, 하고 계신다는 소식에
서울서 나는 남몰래 미소 지었던가.
느닷없이 당신께 찾아온 그 암세포를 향해
너도 내 몸의 일부이니 미워하지 않고
잘 타일러서 내보내야 한다고, 태연스레
한마디 하시다가, 삶을 너무 넓게 차지하면
수천 사람이 비좁을 수도 있다며
당신의 영정 사진과 수의까지 손수 준비한
아아, 우리들의 죽형 조태일 시인이여.
그해 구월, 곡성 죽곡면 온달리 동리산 언덕을
온종일 대숲바람처럼 마구마구 서걱거리다가
저 무진장한 황금빛 노을을 당신 혼자 기어이
죄다 마시기 위하여 그는 훌쩍 길 떠나가셨다.

다시금 무등으로 우뚝 설 불립문자여
—서은 문병란 선생님 영전에

우리는 지금 역사의 혼이 살아있는 여기, 민주광장에서
우리들이 그토록 사랑한 이곳, 빛고을 거리에서
문병란, 당신의 큰 이름만을 소리쳐 부르고 있습니다.
올곧은 말씀 하나 섬길 수 없는 분단된 산하
그토록 처절한 이별이 너무나 길어 긴긴 슬픔이
이렇듯 깊어, 오직 단 한 분 직녀를 만나기 위해
마침내 먼먼 기다림 끝에 훠이훠이 길 떠나셨나요.
통일의 노둣돌로 남북을 하나로 잇는 오작교가 되고자
목숨꽃 고이 바쳐 이 땅의 모든 그리움 한데 모으셨나요.

천도가 무심했던 캄캄절벽, 군홧발 소리만 자욱했던 시절
교단과 거리에서 때론 포차에서 후학과 후생들을 일깨우며
자유와 민주, 정의와 양심을 지켜낸 그대 옹골찬 시혼
때론 황토울음이었다가 청산유수 같은 목소리였다가
가짜들과 거짓부렁 위정자들을 내치던 광야의 그 몸짓
우린 오직, '문병란'이라는 이름 석 자를 떠올리며
길 없는 그 길목에서 우린 다시금 살판을 만들어냈다.

저 환장할 오월의 눈물 속에서 반짝이던 미소들
저 미치도록 푸르른 하늘을 열어젖히던 임이었네.
화순적벽 꼿꼿한 단애 아래 꽃물로 흐르는 임아.
위대한 광주의 선지자였던 우리들의 시대정신이여.
전라도 뻐꾹새로 오늘, 역사의 혼불이 된 사람이여.
끝내는 운주사 천불천탑, 그 천년의 미소처럼
불멸하는 한 영혼으로 가슴마다 살아 있어라.
통일 연가를 목청껏 부르던 민족시인 문병란 선생이여.
여기 민주광장에서 우리가 그 이름자를 부르고, 또 불러
다시금 무등으로 우뚝 설 우리들의 영원한 불립문자여!

화가 김호석의 법정스님

장삼자락 옹골차게 눈 홉뜨던 뒤안길 너머
천지를 움켜쥔 산맥 하나 저렁듯 짱짱하다.
치어다볼수록 청정무구했던 눈망울
그 너머 무수히 모여들던 중생들 발자국소리
짓궂은 시름 몇 자락, 무슨 대수랴 싶었다.

세 줄기 이마 주름이 옹달샘처럼 잔잔하였다.
허접한 것들 물리치려 독거수행한 불일암
소나무 숲길 지나 돌계단, 나무계단 그러다가
대숲에서 진언을 토해내던 불새 한 마리
빼삐용 나무의자와 뒤뜰 정원 후박나무 위로
빽빽히 다가서던 그 눈빛은 왜 저리 그윽했을까
속세의 죄조차 어여삐 어루만지셨다.

그날 실천문학사 김영현 형과 함께
길상사 요사채에서 스님을 찾아뵙던 날
『스콧 니어링 자서전』을 요리조리 살펴보던

그 손길 또한 저마다 정각正覺의 깨우침이었다.

창백한 달그림자가 한 줌 빛으로 적셔진다.
굶주리고 헐벗은 벗들과 이웃들을 위해
그럴싸하게 술밥 한번 사지 못한 나
스님, 천하에 몹쓸 이 중생은
이제 어디로, 어디로 떠나가야 하나요.

육신의 꽃불 혹은 불꽃

—스스로춤꾼 김기인 교수를 추모하면서

창밖에는 성난 바람의 갈피들이 달려오고 있었다.
거무튀튀한 산자락 위로 팔매질하듯 건너온 너는
침묵 속에 웅크린 한 여자만을 응시하고 있었다.
그때 그대 검은 눈동자가 창문가에서 흔들거렸다,
그리하여 당신은 침묵처럼 단단한 세상 밖으로
달려갔고, 그 발뒤꿈치를 향해 태양 속 흑점 같은
그리움이 오롯이 머물다 갔다, 때마침 창공 속으로
뭇 새들이 허위단심 휘돌며 떠나가고 있었다.
안산 고잔뜰 강당 모퉁이쯤 여태껏 잠들지 못한
허허로운 목소리가 빗장거리로 수없이 넘어지며
살결마다 켜켜이 외로웠을 그 육신을 어루만졌다.
그대 눈빛은 내 뱃구레를 지나 목울대 위까지
청솔 같은 외침으로 세차게 너울치고 있었다.
아슴푸레한 새벽녘 공복처럼 알싸하던 그 미소
끝내 이승의 삶을 흔들어 우릴 미혹케 했다.
그날 이순^{耳順}의 아침이 뗏목처럼 떠내려갔다.
그대가 스스로춤이라고 이름붙인 영혼의 피와

158

지상 위로 솟구치던 허벅지 살점이 감탕질하듯
끝내 얼싸안다가 더 깊숙이 더 아래께로
저 혼자 눈부신 육신의 꽃불 혹은 불꽃이었다.
때론 플라타너스 잎새처럼 가느다란 네 종아리
볼 틈새를 빠져 나온 비련의 두 보조개가
한동안 잉잉거리며 내 몸속을 맴돌았다.
그때 이후 다만 침묵으로 회상하던 자들은
그대가 밟고 떠난 원목의 마룻바닥 위로 서성거렸다
차렷 자세의 빗방울이 네 목청인 양 휘몰아쳤다
'고단한 삶을 터뜨리고 가슴속에 차오르는 달을 만나려'*
이다지도 서둘러 우리 곁을 떠나고 말았는가.
당신 몸짓과 못 잊힐 그대 가쁜 숨결이
산언덕 가득 스스로 타올라 마구 서걱거렸다
갈 지^之 자^字 같던 세상을 향해 응시하던 네 눈망울
해설피 젖어 저리도 세차게 달려가고 있었다.

* 〈스스로춤—열락 2010〉 프롤로그에 실린 김기인 교수의 말에서 부분 인용.

K를 위한 발라드

오뉴월 시린 폭풍우 한 자락처럼 세차게 한번 부서져 보자
저물녘 잔솔가지 위로 석양이 잦아들더니 억새들도 피어나
이즈음 난 살아가고 있을 거외다, 당신이었기에 가능했던
성스런 한 순간이 아득하고 수풀 무성한 둔덕에 밤새도록
거닐다가 그대 곁에서 초토화되고 싶은 나날이 오늘이었나.

그대 떠난 거리에 쏴쏴쏴 폭풍우 몰아치시다가 엊그제는
싸락눈꽃 허위단심 찾아들더니 당신과 나는 어디로 가나
전라도 땅끝 평야와 그 물거품 위로 널브러진 부초처럼
혹은 마른기침 토하며 우짖는 문설주처럼 가늘게 찢어져
살아야 하는 나날인가요 무얼 찾아 당신께 머물렀는지
말하지 않겠소 피하지 못할 운명의 순간으로 다가왔기에.

허나 입때껏 못 잊는 건 온 방에 저렇듯 진저리치던
비릿한 살꽃 향기와 비루한 인생을 닦아주던 빛나는 말씀들
상추쌈으로 한입 가득 넣고 싶던 시절들은 허여멀쑥 가고
뜻밖의 별리 속에 혀끝이 감기던 그 순간의 아찔함

눈부셔라 파문처럼 겹쳐진 그 마음과 깃발처럼 남겨진
육체의 부싯돌과 쌀겨 같은 숨결 속에 우뚝 선 사람아
끝내 부활하는 당신의 외론 몸짓은 어디로 향하는가.

세월호의 아이들아

진도 팽목항에서 낯짝이 빨개지도록 너흴 불렀다
불러도, 불러도 대답 없는 세월호의 아이들아

육시럴 이 가슴의 피를 어이해야 하나
노란 리본들만 천지에 흩날리고 있구나

희디흰 상복을 차려입은 개망초꽃들 바라보며
울었다, 외쳐 불렀다, 저 바다만을 생각하면서

당치않은 그 죽음의 호명 앞에 사라진 아이들아
그 해맑은 눈동자로 그리 서글피 사랑해야 했나

그 사랑을 저리 파장되도록 만들었던 우리가
무슨 말을 하랴, 정말 너무나 미안타, 미안하구나

오월 녘 들풀들이 여기저기서 스크럼을 짜며 너울댔다
아무렴, 홀로 치받다가 지금 이대로 주저앉을 수 없다

우리네 붉은 울음이 저 심해의 밑바닥에 맞닿을 때
흘러, 흘러 그 기다림 끝에 다시금 환생할 꽃숭어리들아

마을에 연기 나네
—민중미술가 여운 형님 영전에

초가삼간 옆구리에 솟구치던 속절없는 연기였다
그럴 때마다 부뚜막엔 아침밥이 끓지 않고 있었다
그 돌담 아래 누가 뼈마디 부딪혀 속삭여 울었던가
허망한 전봇대 곁 가늘게 울부짖던 휘파람 소리들
휴전선 끝자락에 맺히던 통곡소리가 허공 속으로
남녘 명자꽃잎처럼 아, 붉디붉게 다가와 사라져갔다.
거리에 조등이 켜졌건만 울고 싶어도 울지 못한다
어허, 이럴 수가! 분단된 밤안개가 인사동을 떠나간다
산다는 건 두만강가 저 눈발 되어 허위허위 어디론가
적셔지려고, 저렇듯 끝내 휘황하게 반짝이다 갈 뿐인가
당신을 세상 밖으로 떠나보내고, 어찌 살라는 당부인가.
살과 뼈를 바쳤건만 뻣뻣하게 울부짖는 분단된 조국 산하
그래 하하핫 무너지고 싶다던 육신을 떨쳐내고, 당신은
산당화 눈매 하나로 새빨갛게 예서제서 피어나고 있는가
헝클어진 이승 한복판이 무진장 껄쩍지근했을 뿐!
그날 우리는 목탄화 꽃등불 아래 온종일 부서지고 있었다.

어느 날 무등을 보다가
—그해 5월의 이승철에게

말하자면 나 또한 기형도 시인처럼
사랑을 잃고도 휘이휘이 잘 살아왔네.
보습 한 자루 저 혼자 인광처럼 반짝이는
광주 송정리 극락강가 풍영정 너머
오월 삐비꽃 울음이 당차게 휘달려와
애문 가슴 무너지도록 귀싸대기 친다.
금남로, 충장로, 광주천길을 걷다가
무심코 무등無等을 한번 치어다볼 적마다
산야마다 흐드러진 철쭉꽃 연붉은 가슴
총탄자국 선연한 오월의 은행나무 위로
보보보 미소 짓던 옛 사랑을 생각했다.
산다는 것은 어쩜 그대 큰 침묵으로
한 생애가 말갛게 사라질 때까지
참으로 허허롭게 소멸될 수 없음을
나 이제 조금은 쓸쓸하게 깨우치고 있네.
침묵의 돌이 꽃으로 피어날 그날 그 순간.
비로소 세상 밖으로 사라져도 좋을 그날이었네.

진흙 속에 피는 꽃

철이 (문학평론가)

혹자는 근래의 선거가 세대전이라고 말한다. 한 여론조사에 따르면 2012년 대선에서 지지층이 바뀌는 변곡점은 45세였다. 그보다 나이가 많은 사람은 여당의 지지층이 많고, 그보다 어린 이들은 야당을 지지하는 쪽이 많았다. 얄궂게도 1987년에 직선제를 쟁취했던 대학생과 회사원들이 25년 후가 되자 군부정권의 적통을 대통령으로 추대해준 셈이다. 그간 이 세대는 한국의 민주화에 이런저런 방식으로 기여해왔다. 그들은 최초의 정권교체를 이루고, 민주적

노조를 건립하고, 누구보다 비권위주의적이던 대통령을 취임시켰던 경험이 있다.

하지만 이 세대의 정치적 변화를 전향이라고 힐난하거나, 나이가 들면 보수화가 되기 마련이라는 식으로 쉽게 말해서는 안 된다. 그간 한국사회는 구성원들이 속물로 살게끔 강요해왔다. 정직하게 일한 사람은 실패하고, 이런저런 투기로 재산을 불린 졸부들은 떵떵거리는 시대였다. 김대중, 노무현 대통령이 취임을 할 때까지만 해도 많은 사람들은 변화를 기대했는데, 그들이 통치권자로서 보인 행보는 지지자들에게 실망을 안겨주는 대목이 없지 않았다. 더욱이 그들의 퇴임 이후에 안하무인의 나날들이 계속되자 사람들은 정치를 극렬하게 혐오하게 되었다. 하루하루 돈벌이를 해나가는 데 지치고, 정치판은 나날이 막장으로 치닫는 시대에 사람들이 '보수화'되어간 것은 어쩌면 당연한 수순이었다.

물론 팍팍한 삶의 전장 속에서도 묵묵히 진보적 정치관을 수성하고 사회비판적 목소리를 내고 있는 사람도 없지는 않다. 이승철 시인도 그런 경우 중 한 명이다. 아마도 이 책을 집어든 당신이라면, 그가 등단부터 지금까지 이런저런 방식으로 사회활동을 이어왔다는 사실을 알고 있을 것이다. 이 시집은 그런 시인이 엄혹했던 지난 10년을 겪으며 쓴

"고해성사"이다. 여전히 시인은 억압적인 위정자에게 비판적인 시각을 견지하지만, 그들에 대한 적의를 날것으로 노정하기보다는 자신과 자신의 세대가 겪은 이야기로 환원시켜 내밀한 언어를 엮어낸다. 누군가를 비판할 때조차 핏대를 세우며 욕을 해대기보다는, 허허실실 풍자로 일관하는 경우가 많다.

> 나는 이명박이라는 함자를 속으로 뇌까렸다.
> 그 누구는 쥐박이라고 자꾸만 놀려대는데
> 난 그럴 수 없었다, 그래도 일국의 대통령인데
> 존경의 염은 없더라도 그리 멸시할 수 없었다.
> 허나 그가 대한민국 대통령직을 잘 수행하는지,
> 헌법을 제법 잘 준수하고 있는지 알 수 없었다.
>
> ―「촛불님과 조중동」, 부분

여기에서 "함자", "멸시할 수 없었다", "알 수 없었다" 같은 단어는 물론 역설적이다. 이 말들은 대통령이 딱히 존경받을 만한 가치가 없는 사람이며, 그의 행보가 재앙적이라는 인식을 함축하고 있다. 하지만 이런 표현법이 그저 비판의 밀도를 높이기 위한 반어적 수사로만 보이지는 않는다. 시인은 위정자를 비판하며 힘을 빼기보다는, 오늘날의 세태를 조망하고 그 속을 살아가는 장삼이사의 모습을 묘사하는 데 공력을 집중하려고 한다.

　인용한 부분의 뒤에서 시인은 촛불집회의 경과를 되짚는다. 일백만 명에 육박하는 사람들이 정부의 쇠고기 수입을 반대하며 거리로 뛰쳐나갔다. 하지만 정부는 모르쇠로 일관했고, 촛불의 열기는 조금씩 꺼져갔다. 그리고 "촛불님들이 사그라지던 그때", "국가공권력과 헌정질서가 뒤죽박죽되었다고 / 조중동과 한나라당이 연일 작당하듯 몰아붙이자 / 얼씨구나 검찰이 촛불 세력을 일제히 잡아들였다." 정부와 언론의 반응을 보며 염증을 느낀 사람들은 체념하듯 촛불을 껐다. 예상치 못할 만큼 많은 사람들이 촛불을 들고 일어난 것도, 그들의 염원이 조금도 받아들여지지 않은 채로 사태가 종결된 것도 너무나 순식간에 벌어진 일들이었다. 이런 사태를 개괄하던 시인은 차분하게 자신의 경험담을 이어간다.

　　그곳에서 우연히 미국산 쇠고기를 처음 봤다.
　　촛불집회서 수없이 듣던 그 미국 쇠고기였다.
　　국산 돼지고기보다 훨씬 더 헐값이었다.
　　이러니 안 먹을 수 있겠나, 한우가 너무 비싸잖아.
　　스스로를 변명하며 힐끔거리다 미국산 스테이크를

슬그머니 사 왔다. 그래, 삼수갑산에 갈망정
내가 한번 시범삼아 먹어보자고 다짐했다.
그날 오피스텔로 되돌아온 나는 허겁지겁
미국 쇠고기를 먹었지만 영 께름칙했다.
허나 다음날 아침, 이 세상은 아무 일 없었다.

—「촛불님과 조중동」, 부분

촛불집회를 동감하던 사람이 몰래 수입산 쇠고기를 사먹었다는 것은 자랑스러운 일이 아니다. 하지만 이 대목이 시인의 솔직함과 반성적 사유를 보여주고 있는 것은 분명 사실이다. 일찍이 김수영도 자신의 소시민성을 거침없이 폭로했던 적이 있다. 하지만 "왜 나는 조그마한 일에만 분개하는가"라는 김수영의 강변이 자신의 소시민성을 극복하고 조금 더 담대한 사람이 되기 위한 반성의 씨앗이었다면, 이승철은 자신을 '소시민적'으로 만드는 현실을 비판적으로 재고하는 작업에 더 힘을 기울인다. 이승철은 자신이 쇠고기를 사 먹어도 "이 세상은 아무 일 없었다"는 듯 흘러갔음을 지적한다. 마치 촛불집회가 하루아침에 증발해버린 것처럼 말이다.

어쩌면 오늘날 한국의 주요한 특성은, 주요한 정치적 사건들조차 그냥 그렇게 대수롭지 않은 일인 양 지나가버린다는 점이다. 첨예한 정치적인 사안조차 연예계 가십마냥 빠르게 소비되어버리는 경우가 많다. 예전에는 상황이 좀 달랐다. 정권을 비판하려면 목숨을 걸어야 했다. 당시의 지식인과 문인 중에는 정권을 비판했다는 이유만으로 옥고를 치른 이들이 많았다. 이승철이 처음으로 작품발표를 시작하던 1980년대 초반은 학살로 집권한 정권이 유명문예지를 모조리 폐간시켜버린 시대였다. 사회비판적 책들은 여지없이 판매금지를 당하고, 전 시대를 비판적으로 묘사한 소설가 한수산은 필화를 겪어야 했던 야만의 시대였다.

물론 이것은 어디까지나 과거의 이야기이다. 이제 정권에 반기를 든다고 남산에 끌려가거나 저서를 판매금지당하지는 않는다. 더 솔직하게 말하자면 오늘날의 정부나 독자들은 문인들의 말에 관심을 갖지 않고 있다. 치열하게 정부를 욕해보아도 사람들은 짐짓 "어차피 그러다 말겠지"라고 말하며 대수롭지 않게 넘겨버리곤 한다. 적의 반응이 없을 때 싸움은 오래 지속될 수 없다. 그래서 오늘날의 정치적 투쟁은 휘발적이다. 아마 촛불집회가 금방 소강상태에 접어든 것도 같은 이유에서 연원한 결과일 것이다. 시인이 께름칙한 죄책감을 느끼면서도 쇠고기를 사먹게 된 것은 이런 시대적 배경 때문에 빚어진 촌극이다. 우리의 내면을 다잡아

줄 이념은 패퇴한 지 오래인데, 설상가상으로 모든 정치적 이슈의 생명력은 짧아졌다.

무엇을 말해야 할지 알 수 없고 어떤 말을 해도 빠르게 휘발되어버리는 오늘날이 1980년대보다 크게 진보한 시대일까. 두 시대를 함께 살아본 시인은 이렇게 이야기한다.

> 숨죽인 채 쫄쫄 굶으며 살아가야 하다니,
> 참 웃기도록 대단한 태평성대여! 투옥된 시인이
> 단 한 명도 없는 때가 지금이잖아. 젠장 견뎌 봐!(중략)
> 어이 명박이 당신, 정말이지 꼭 그렇게 살 거요?
> 수많은 문인들이 지금 날품팔이 호구지책인데
>
> ―「촛불님과 조중동」, 부분

지금껏 치열하게 사회와 싸워왔고 아직도 지난 시대의 문제의식을 이어가려고 하는 시인은, 문학이 싸울 대상을 잃어버린 '태평성대'를 살아가는 마음가짐을 다른 시편에서 다음과 같이 풀어낸다.

> 한때 역사의 혼을 의탁해 이 세상을 살아가려 했다
> 일천구백팔십 년 그 푸르렀던 5월 하늘 아래
> 널브러진 핏빛 구렁 속에 함께 하지 못했던 나

오직 그 죄 닦음 때문에 내 시 속에 존재하던

신이 사라져 버렸다

　　　　—「그러나 나는 지금 살아있지 않은가」, 부분

"시 속에 존재하던 신이 사라져 버렸다"는 말이 좋은
시를 쓰지 못하게 되었다는 뜻은 아니다. 차라리 이 말은
문학의 영향력과 신성함이 훼손된 오늘날의 세태 전반을
포괄적으로 설명하는 문구로 읽힌다. 노파심에서 덧붙이자
면 시를 대하는 이 시인의 열정은 여전히 건재하다.

오십 줄 다 되도록 이만큼 버텨 왔다면 한세상 용케도 잘
살아왔다는 그 말씀. 세상이 온종일 아우성치는데 메마른 땅에
서 샘물을 파듯 너는 오늘도 한 뿌리 시를 찾아 헤매고 있나.

　　　　—「어느 지천명의 비가」, 부분

그러니까 이 시집의 제목 앞에는 이런 주석을 붙여도
좋겠다. 이렇게 문학이 사소해지는 시대에, 뜨거운 열정과
비장한 목적의식이 있던 시대를 경험해봤던 『그 남자는
무엇으로 사는가』. 이번 시집은 이 질문에 답하기 위해
쓰인 일종의 비망록이다.

***

그간 시인이 특별히 관심을 가졌던 문제 중 하나는 죽음이었던 것 같다. 이 시집에는 누군가의 죽음을 기리는 조시(弔詩)가 많다. 타인의 죽음을 추념할 때 시인은 망자가 살았던 시대와 현재를 비교하고, 생로병사의 의미를 되돌아본다. 조시에서 시인의 내밀한 목소리는 더욱 도드라져 보인다. 가령 제목이 작품의 내용을 암시하는 「박찬 시인 돌아가던 날」은 "뭐 박찬 형이 죽었다고? 아니, 생때같은 그 사람이 왜 죽었대?"라는 말을 그대로 풀어놓는 것으로 시작하여 수십 명의 문예계 인사들의 이름을 나열하고 작품 속에 고인의 시를 인용해놓는 등 다양한 형식들을 조합함으로써, 장례식의 풍경을 파노라마처럼 엮어내고 궁극적으로는 시인의 복잡다단한 심경을 풀어내는 데 성공하고 있다.

전 대통령의 애사를 기린 작품 「노짱과 김지하와 고은 사이에 마라도가 있다」도 유사한 종류의 시편이다. 차진 사설조로 구성된 이 작품은 실로 다양한 이야기를 병치시킨다. 탄압에 스스로 목숨을 끊은 대통령에 대해 말하다가, 그의 죽음을 폄하한 노시인을 비판하고, 근래에 강도 높은 정치적 투쟁을 하지 않는 또 다른 노시인에 대해 이야기하다가, 종국에는 자신이 악천후에 마라도를 들어가려다 혼쭐이

175

났던 경험을 회상으로 넘어가는 이 장시는, 다음과 같은 구절로 마무리된다.

고 노무현 영가의 분향소가 차려졌다던 마라도 기원정사 대웅전 앞마당에서 이제 막 환속을 단행한 낯선 바람 한 줄기가 사타구니를 시원스레 훑으며 지나갔다. 국토 최남단 관음성지, 기원정사의 금빛 해수관음보살상이 어둠 속에서도 소용돌이치던 마라도 앞바다를 굽어보고 있었다. 그날 마라도에서 그 누가 나에게 속삭였던가? 평생 동안 한 사람만을 사랑할 수 있다고 말하는 것은 초 한 자루가 평생 동안 탈 거라고 말하는 것과 같다! 라고….

—「노쌍과 김지하와 고은 사이에 마라도가 있다」, 부분

"평생 동안 한 사람만을 사랑할 수 있다고 말하는 것은 초 한 자루가 평생 동안 탈 거라고 말하는 것과 같다"는 아포리즘에 눈이 간다. 이 함축적인 비유를, 단순히 고인이 된 대통령에 대한 호감을 평생 지켜내지는 못하겠다는 뜻으로 해석해서는 안 될 것이다. 평생 한 사람에 대한 지조만 지키며 사는 것이 힘든 까닭은, 시간이 사람을 변하게 만들기 때문이다. 누군가는 우리 곁을 떠나가고, 누군가는 변절을 하고, 또 다른 누군가는 힘겹게 대의를 지키며 살아간다.

그렇게 다양한 형태로 살아가는 타인들의 삶을 이해함으로써 시인은 이제 스스로의 삶을 냉철하게 되돌아보려 한다.

***

『그 남자는 무엇으로 사는가』를 휘감는 정서는 씁쓸함이다. 시인은 과거에 떠나가 버린 이들에 대한 부채의식을 고이 간직하고 있다. 그가 과거의 망령에 사로잡혀 있다는 뜻은 아니다. 가령 "자본주의적 혁명은 인사동 주점에서 시작된다. 혁명을 꿈꾸던 옛 사내들은 그때부터 자본의 풍랑과 거칠게 맞서고 있었다"(「시간의 갈퀴들」)라고 말할 때, 그는 술자리에서 동지들과 뒷담화 정도로밖에 정치적 논의를 할 수 없는 현실을 개탄하고 있다. 하지만 이 구절에서는 척박한 시대의 소용돌이에서 고고한 대화를 이어갈 동지가 있다는 사실에 대한 어떤 안도감도 느껴진다. 한편 "아무렇지 않게, 이 따위로 녹슨 채로 / 존재의 아픈 그늘이 되어 살아가야 한다."(「존재의 그늘」)라는 시구를 보아도 전면적으로 드러나는 것은 나이가 들면서 생기는 애환인데, 여기에서는 쇠락해가는 삶을 주체적으로 수용하고 힘차게 살아가겠다는 비장한 결의가 느껴지지 않은가. 이런 식으로 시인은 부정적인 상황을 인식하면서도, 거기에서 어떤 가능

성을 찾아 삶의 의지를 재확인하고자 분투한다. 가령 그는
어느 시편에서

단 한 번이라도 내게도 저렇듯
붉디붉게 맞짱 뜰 날이 올 것인가.

라고, 짐짓 자신이 '붉디붉게 맞짱 뜰 날'이 별로 없을 것
같다는 염세적인 인식을 보여준다. 하지만 그는 결국

그대가 끝내 피워내지 못한 꽃들
그것이 그대를 더욱 위대하게 하리라.
뉘라서 그 오묘함을 알 수 있겠느냐.
그것이 뼛골 시린 그리움이 아니라면
부르고 또 불러 끝내 되돌아오지 않는다면
우리가 그것을 사랑이라고 말하지 않는다면
당신과 나는 오늘도 거기 서 있어야 하리.
　　　　　　　　　　 ―「마량리 동백나무 숲에서」, 부분

라고 결론내리면서, 우리의 삶에 "피워내지 못한 꽃들"이
있음을 자각하는 일 자체가 치열하고 거룩한 "사랑"임을
깨닫는다. 시인은 자신이 추악한 세상과 맞짱 뜰 수 없고,

178

진정성 있는 사랑을 할 수 없고, 꽃을 피워낼 기회도 다시 주어지지 않을 것이라고 말한다. 하지만 이렇게 처연한 사유를 통해 삶을 자기갱신하려는 태도 자체가 세상과 맞짱을 뜨고, 진정성 있는 사랑을 하고, 영롱한 꽃을 피워내는 작업인 것은 아닐까.

***

이 시집의 제4부 '내 영혼의 레퀴엠'에는 다양한 이들의 죽음을 추모하는 조시들이 수록되어 있다. 의미심장하게도 시인은 그 끝에 「어느 날 무등을 보다가 —그해 5월의 이승철에게」라는, 자기 자신에 관한 시편을 배치해놓았다. 아마 '그해'는 1980년일 것이다. 시인은 "총탄자국 선연한 오월의 은행나무 위로 / 뵤뵤뵤 미소 짓던 옛 사랑을 생각"한다. 어쩌면 그는 이때 자신이 한 번 죽었다고 생각하는 것일 수도 있겠다. 물론 그의 육신은 멀쩡하다. 그런데 그때 대의를 위해 죽지 못한 사람이 지금의 비루한 현실에서 "산다는 것은 어쩜 그대 큰 침묵으로 / 한 생애가 말갛게 사라질 때까지 / 참으로 허허롭게 소멸될 수 없음"을 "조금은 쓸쓸하게 깨우치"는 과정에 불과하지 않겠느냐고, 시인은 비장하게 묻는다.

나는 이 처연한 질문에 답할 자신이 없다. 그 참혹했던 현장에서 영웅적 죽음을 택한 열사들이 윤리적인지, 비루한 세상에서 아등바등 끈질기게 살아가는 것이 윤리적인지를 판가름할 능력도 없다. 하지만 어쨌든 우리는 살아있다. 과거의 투사들이 그토록 살고 싶어 했을 오늘날을, 아직 살아가고 있다. 브레히트는 강한 자만 살아남는 법이라고 말했다. 나는 여기에 한마디를 덧붙일 필요를 느낀다. 살아남은 사람은 강해져야 한다. 살아남은 이들이 싸우지 않으면 망자들의 죽음은 잊히고 아무런 의미도 없는 것이 되어버릴 수 있기 때문이다. 그들의 유지를 헛되게 만들지 않기 위해서라도, 우리는 더욱 강고해져야 한다. 이승철은 악착같이 살아남아서 '사랑도 이름도 명예도 남김없이' 사라진 이들이 피우지 못했던 꽃을 진탕 같은 세상에서 피워내고자 투쟁해왔다. 이 시집이 그 점을 오롯이 증명한다.

그 남자는 무엇으로 사는가

초판 1쇄 발행 2016년 1월 28일
　　　2쇄 발행 2019년 3월 25일

지은이 이승철
펴낸이 조기조
펴낸곳 도서출판 b
편　집 김장미 백은주
표　지 테크네
인　쇄 주)상지사P&B

등록 2006년 7월 3일 제2006-000054호
주소 08772 서울시 관악구 난곡로 288 남진빌딩 302호
전화 02-6293-7070(대) 팩시밀리 02-6293-8080
홈페이지 b-book.co.kr 이메일 bbooks@naver.com

ISBN 979-11-87036-01-2　　03810

값 9,000원